최보기의
거금도 연가

우리에게 힘을 주는 또 하나의 세상!
바로 '고향' 입니다.

20   년   월   일

최   보   기

• 이 책내용의 98%는 모두 직접 겪은 일로 하나도 가공되지 않은 사실이고, 나머지 2% 역시 친구나 지인에게 직접 들은 이야기로 이 또한 가공되지 않은 사실이다. 나의 고향 거금도는 꾸미지 않아도 이렇게 정겹고 아름답다.

최보기의
거금도 연가

모아북스
MOABOOKS

• 거금도에서는 해가 두 개 뜬다. 하늘의 해, 바다의 해.

서문

교장도 바다를 보고,
지서장도 바다를 보는
구멍을 나온 들쥐가
잠깐 바다를 쳐다보는 사이
부엌으로 들어온 바다가
아내랑 같이 나갔다던
이생진 시인의
그리운 성산포 못지않을 그 섬.

축구공이 하루에 열두 번은
바다로 풍덩 빠지고서야
마침내 소년의 하루해도
바다로 빠졌던 그 섬.

적대봉 용두봉 정기로
우리들의 박치기 영웅
김일 선수가 태어나 잠든
남해 땡섬 거금도.

녹동에서 소록도 지나
그 섬까지 다리가 놓였다.
이제 거금도는 섬이 아니다.

1970년 거금도로부터
1980년 광주
1982년 서울
2011년 신도시 중동까지
남해안 베이비 부머들의
아릿한 성장기를
남기고, 나누고 싶었다.

• 소록도 쪽에서 바라본 거금도 주산 적대봉 (해발 592m). 맑은 날에는 제주도
한라산이 보인다고 하는데, 동쪽으로는 멀리 여수반도, 서쪽으로는 금당도, 완도,
청산도로 이어지는 남서 다도해의 풍광을 한눈에 담을 수 있다.

거금도의 추억은 아직도 현재진행형이다

금의환향—성공하고 출세해서 비단 옷을 입고 고향에 돌아가 환영받을 만큼 고향을 빛내는 사람이 되기를 대부분이 희망합니다. 저도 그렇습니다. 그런데 그러지 못했기에 아쉬움으로 이 책을 내게 되었습니다. 이제 거금대교가 열려 '섬'이 육지가 되는 순간, 섬이었던 고향과 고향 사람들에 대한 기억을 공유하고 싶어서 기억을 들썩들썩 들춰봅니다.

거금도는 예(藝)와 기(氣)의 섬입니다. 예부터 거금도 사람들은 기골이 장대하고 힘이 좋아 전국의 씨름판을 휘어잡았습니다. '라이트 신금부락 써브, 레프트 명천부락 레시바, 플레이 볼' 하는 심판의 호각 소리가 지금도 귀에 생생한 단체운동 배구와 함께 씨름은 섬을 대표하는 개인 스포츠였습니다.

명절 때마다 마을별 배구와 씨름대회가 성행했기에 아주 어려서부터 씨름을 몸에 익히며 살았습니다. 프로레슬러 김일 선수도 씨름으로 전국을 휘어잡다 일본으로 건너가 역도산을 만나면서 세계적인 선수가 되었습니다.

당시 호남의 씨름은 지금의 왼씨름과 샅바를 반대로 매는 오른씨름이었습니다. 그래서 전국 대회에서 왼씨름과 오른씨름 선수가 맞붙으면 방식을 번갈아 가며 대결, 2연승을 거두는 선수가 이기는 방식이었는데, 언젠가 전국 씨름판이 왼씨름으로 통일 되면서 거금도 씨름도 서서히 빛을 잃었습니다.

샅바를 매는 다리가 바뀐다는 것은 뼈 속에 녹아든 힘의 근원이 바뀌는 것으로 그리 단순한 문제가 아니었던 것이죠. 그러나 아직도 거금도 씨름은 전라남도 체전에서만큼은 여전히 전설입니다. 거금도 출신으로 꾸려지는 고흥군 선수단 5명이 우승할 때까지 한 명이 한 판이라도 지면 그건 이변이라는 말이 생겼을 정도로 말입니다.

일출과 일몰을 함께 볼 수 있는 섬, 아기자기한 무인도들이 그림처럼 바다 위에 떠있는 섬, 거금도. 그래서인지 거금도에서는 섬 생활의 애환과 풍경을 노래로 승화한 판소리가 성행했습니다.

확실한 증거도 있습니다. 동초제를 창시한 소리꾼으로 임방울과 쌍벽을 이뤘던 '국창 김연수' 선생의 출생지가 바로 거금도 대흥입니다. 판소리에 대해서는 전혀 아는 지식이 없지만 동초제는 동편제의 호탕함과 서편제의 애잔함이 적절하게 어우러진 데다 문학성을 중시해 사설이 정확하며 너름새(동작)가 정확하고 붙임새(장단)가 다양하다고 합니다.

그의 소리를 이어 받은 오정숙 선생은 '동초제'의 '동' 자만 나와도 눈물이 나온다며 "죽거들랑 김연수 선생님 발밑에 묻어 달라" 했답니다. 그런 섬의 정서를 물려받은 탓인지 불혹을 넘긴 나이에 국악계에 입문한 친구 연화, 딸을 남소리계로 이끈 인자는 물론 천재가수 타블로에게 문학과 음악적 감수성을 물려준 어머니 김국애 원장까지 지금도 거금도의 예술적 끼는 뼛속에서 뼛속으로 흐르고 있습니다.

　책으로 엮은 글들은 거금도에서 나고 자라, 광주를 거쳐 서울로, 어찌어찌 결혼을 해서 신도시에 아파트 하나 겨우 장만하고, 아들과 딸 등 가족을 이끄는, 40대 후반의 나이가 되기까지 저의 자잘한 이야기들을 모은 것입니다. 그러나 이 이야기들은 제 개인의 이야기이기도 하지만 60, 70년대 남해안 다도해 언저리에서 자라났던 수많은 베이비부머들의 가슴 아린 '공감'이기도 할 것입니다. 이 정도를 가지고 책을 내기가 참 부끄럽지만…… 그래서 용기를 냈습니다.

　이 책 이전에 벌써 고향 거금도 사람들의 향수를 달래고, 거금도를 전국에 알려 왔던, 많은 자료를 활용하게 해 준 거금도닷컴(www.ggdo.com) 운영자님께 특별히 감사를 드립니다. 그리고 졸작을 애써 출판해 주신 모아북스 이용길 대표님, 부끄러움을 이기도록 격려와 후원을 아끼지 않은 금산초등학교 48회, 금산중학교 12회, 녹동중학교 7회, 광주고등학교 31회 그리고 고려대학교 교우들과 고향 선후배님들에게 진심으로 감사의 말씀을 올립니다. 특별히 김용 선배,

달리기 잘했던 조금노리 친구 길형이, 거금도 일이라면 만사 제치는 경호와 형모, 성용, 홍주 등에게 감사의 말을 더합니다.

제가 살았던 30년 전 거금도와 다리가 놓인 지금의 거금도는 많이 달라졌습니다. 하여 '지금의 거금도'를 제대로 전해 주는 이야기가 꼭 뒤따라 출판되기를 희망하면서, 이 이야기의 중심과 계기가 되어 주신 진달래 여사, 내 어머니, 진심으로 고맙습니다. 사랑합니다!

2011. 11. 11
부천 중동 소향공원에서 최 보 기

차 례

 **제1부 1970년 거금도**

제2부 거금도 바닷가에서
만난 사람들

제3부 나의 살던 거금도,
샛감도리

제4부 청춘블루스

제5부 서울에서 살기

_부록 구석구석 살펴보기

1970년 거금도

1

새벽 4시 20분.
첫눈이 내린다.
길도 차도 나무도
순백의 청초함으로 뒤덮였다.
'아! 첫눈이네'
창문을 열고 첫눈을 손에 받는다.
조그만 떨림!

중년의 엄연한 한 복판
지나온 삶의 **빽빽**함 속에
첫눈의 순수와
거금도의 풋정을
한 점 여기에
찍어 둔다.

거금도가 어디요?

　남쪽에서도 한참 남쪽, 전라남도 고흥을 지나 이순신 장군의 주력 5
진 녹도진이 있던 조그만 항구도시 녹동에 이르면 이제 막 개통된 다
리인 거금대교를 만나게 된다. 녹동과 거금도 사이에 있는 소록도보다
대략 스무 배나 더 큰, 우리나라에서 열 번째로 큰 섬인데도 아직 거금
도를 모르는 사람이 많다. 임진왜란이 있던 즈음 이순신 장군의 난중
일기에서는 절갑도(折甲島), 그 이후 조선시대에는 절이도(折爾島),
근대에 접어들어 거금도(居金島)로 섬 이름이 바뀌어 왔다. 면적은
63.57㎢, 해안선길이 54㎞, 현재 섬사람들은 약 6천 명 선이다.

　조선시대에는 이곳의 주산인 적대봉에 말을 키우는 목장성이 있었
는데 성을 쌓았던 돌무더기들이 지금도 군데군데 남아 있다. 산세가
장쾌한 적대봉은 근방에서 가장 높은 해발 592m로 남해안 절경을 즐
기려는 등산객들의 발길이 점점 늘고 있다. 거금도는 이 적대봉과
400m 남짓의 용두봉이 큰 기둥이다. 해안 일주도로를 따라 느릿느릿
걷는 대로 이어지는 기암괴석과 깎아지른 절벽, 곳곳에 펼쳐지는 몽돌
해변과 맛도, 허우도, 형제도, 독도, 오동도, 장대섬, 꼬이섬 등 크고 작
은 수십 개의 섬들에 '아!' 하는 감탄사가 절로 난다.

적대봉과 용두봉, 두 개의 돌산으로 이뤄진 섬이다 보니 산에서 자라는 나무들이 모두 돌 사이를 뚫고 자란 자연 분재들이다. 한때 육지 사람들이 차떼기로 이 나무들을 캐 가는 바람에 지금은 산림보호지역으로 지정, 나무와 기암괴석들을 보호하고 있다.

한겨울이라 해도 얼음 어는 날 별로 없고, 8월에도 뙤약볕이 없다. 논농사보다는 보리, 참깨, 고구마, 마늘, 양파 같은 밭농사가 많고 바다로 나가면 김과 매생이, 미역, 해삼, 전복 등 무공해 해산물이 풍성하다. 다시마가 좋으니 전복 맛도 그만이다. 그 다시마를 썩혀 거름 만들어 농사지은 한라봉이 '용두봉' 이니 그 맛이 오죽하겠는가. 어느 해 서울 신세계 백화점에서 없어 못 팔기도 했다는 귀한 과일이다.

해안도로를 따라 일주를 하면 푸른색 하나로 어우러지는 바다 빛과 하늘빛 그리고 멀리 점점이 보이는 작은 섬들까지 보는 곳마다 한 폭의 그림이다. 어려서 매일 봤던 풍경인데도 추석, 설날 갈 때마다 새삼스럽게 그 아름다움에 감탄한다. 거금도를 여행하는 사람들은 그래서 한자리에 머무는 시간이 길다고 한다. 인정 넘치고 포근하고, 아기자기한 거금도 사람들에 폭 싸여 유년을 보낸 것은 내게 행운이자 감사함이다.

아주 오래된 **사람들의 흔적**

거금도는 우리나라에서 열 번째로 큰 섬이다. 그래서 아주 오래 전부터 사람이 살았던 흔적이 섬 곳곳에 남아 있다. 대흥리에 있는 조개더미로 보아 신석기 시대부터 이곳에 사람이 살고 있었던 게 틀림없다. 그때는 이곳이 육지였는지 섬이었는지 확인할 길이 없지만, 청동기 시대의 유물인 고인돌도 마을 곳곳에 남아 있다.

고인돌은 대흥리 상하촌, 금산초등학교와 근처 민가, 도로변, 야산 등에 널려 있다. 무덤이 많다는 말은 그만큼 많은 사람이 살고 있었다는 뜻이다. 바다가 식량 창고요, 산과 들이 험하지 않고 먹을 게 천지니 그럴 법도 하다. 예나 지금이나 사람 살기 딱 좋은 곳이다.

용두봉 중턱에 있는 송광암도 풍광이 뛰어난 문화재다. 송광암 극락전에는 아주 오래된, 자그마한 목조 삼존불이 있는데 암자 앞 고송들과 함께 거금도 사람들의 온갖 애환과 희망을 들어 주고 달래 주며 이날까지 희로애락을 함께해 왔다.

이순신 장군의 21번째 전투, 절이도

　한국인에게 가장 존경받는 인물 중 한 분으로 손꼽히는 이순신 장군. 거제도 옥포해전부터 한산대첩, 명량대첩, 노량해전까지 23전 23승을 거둔 이순신 장군의 주력 부대는 당연히 전라좌수영 부대였다. 전라좌수영은 지금의 고흥(흥양), 보성, 낙안, 순천, 광양, 여수 지역이고, 장군을 보좌해 백전필승을 올린 장수들도 주로 보성군수, 낙안군수, 순천군수, 광양현감, 흥양현감, 녹도만호, 발포만호, 사도첨사, 여도첨사, 방답첨사 등으로 기록돼 있다.

　특히 전라좌수영의 주력 5진은 녹도진(고흥 녹동), 발포진(고흥 도화), 사도진(고흥 영남), 여도진(고흥 점암), 방답진(여수 돌산)으로 4곳이 고흥 지역이었다. 이순신 장군이 거제도 옥포 쪽으로 첫 출전하던 당시 군사가 5천 명 정도였다고 하니, 단순 비례로 치자면 그중 4천 명이 고흥에서 차출된 군사들이었을 것이다.

　난중일기에 따르면 이순신 장군이 해전을 치를 때마다 몸을 안 사리고 돌격 선봉에 서다 결국 임란 중에 대부분 전사하는 장수들도 열에 여섯이 고흥 리더들이었으니 녹도만호 정운 장군과 흥양 현감 배흥립,

발포만호, 사도첨사, 여도첨사 등 이루 셀 수가 없다.

임진란이 조선과 일본의 싸움을 넘어, 동아시아 패권을 놓고 중국과 일본이 겨룬 전쟁이었다고 보는 시각이 있다. 이렇게 볼 때 유효 해안 선과 인구로 보면 0.5㎝에 불과한 고흥 연안의 해군력이 30㎝가 넘는 일본의 해군력을 물리침으로써, 일본이 여수를 넘어 아시아로 진출하는 것을 막아 냈다는 큰 의미가 있다.

정유재침 이후 이순신 장군이 불충죄로 한양에 불려와 선조에게 국문을 당한 후 겨우 목숨을 건져 백의종군하게 되는데 이는 왜장 고니시 유끼나가의 간계가 원인이었다. 임진란 때 선봉이었던 그는 정유재란 때 선봉을 가토 기요마사에게 빼앗기자 이순신 장군을 부산 앞바다로 유인하기 위해 일본의 재침 일시를 조선 정부에 흘려준다. 가토가 이기면 조선의 수문장 이순신 장군을 제거한 공을 자기에게 돌릴 수 있고, 이순신 장군이 이기면 라이벌 가토를 제거할 수 있다는 이중 간계였다.

이 정보를 받고 선조는 이순신 장군에게 부산 출정을 종용했다. 그렇지만 부산까지의 항해로 전투가 시작되기도 전에 이미 지쳐 버릴 게 뻔한 데다가, 예측 불가한 날씨와 익숙하지 못한 부산 지리로 승리를 장담할 수 없었다. 또한 그것이 일본의 간계라는 것을 모를 이순신 장군이 아니었다. 일이 이렇게 되자 고니시 유끼나가는 조선 정부와는 일을 못해 먹겠다며 강하게 불만을 표시한다.

이순신 장군을 구속한 이후 삼도수군통제사가 된 원균도 육전과 해전의 차이를 알기에 해전 중심으로 전투에 임하다 도원수 권율 장군에게 불려가 곤장을 맞는다. 이로 인해 원균 장군은 칠천량 해전에서 성급한 돌격을 감행하다 일본의 계략에 말려 본인도 전사하고 조선 수군도 궤멸되고 만다. 할 수 없이 선조가 이순신 장군에게 다시 삼도수군통제사가 되어 왜적을 물리치라는 교지를 보냈을 때 장군은 尚有十二 舜臣不死 (상유십이 순신불사, 아직 배가 열두 척이 남았고 순신은 죽지 않았습니다)라고 외친다.

이 배 열두 척은 사실 경상우수사 배설이 칠천량 싸움 때 조선 수군이 삽시간에 무너지는 상황에서 한산도로 줄행랑을 놓는 바람에 그나마 건진 것이니 도망친 게 그나마 불행 중 다행인 상황이었다. 이순신 장군은 이 열두 척의 배를 이끌고 진도 울돌목(명량)에서 칠천량의 원수를 제대로 갚는 대승을 거둔다. 침략 원흉 도요토미 히데요시의 죽음으로 명나라 진린 제독에게 뇌물을 바치면서까지 일본으로 무사 탈출을 꾀하던 고니시 이하 왜군들에게 이순신 장군은 "한 놈도 살려 보낼 수 없다"며 사력을 다해 전투를 벌였다. 이 전투가 마지막 23번째 노량해전이니, 다 그럴만한 이유가 있었던 것이다.

최후의 노량 결전에 앞선 21번째가 전투가 바로 TV드라마 '불멸의 이순신'을 통해 주목을 받았던 절이도(거금도) 해전이었다. 1598년 8

월 19일, 도요토미 히데요시가 죽은 바로 다음날, 12척 남은 배로 명량 대첩 이후 완도 쪽 고금도에 본영을 차리고 왜군의 서진을 막고 있던 이순신 장군을 급습하기 위해 왜선 100여 척이 기습해 온다. 이것을 이순신 장군이 현재의 거금도와 금당도, 소록도 사이 해협에서 적선 100여 척 중 50척 이상, 왜군 17,000여 명을 수장시킨 대단한 해전이었다.

이 해전이 명나라 진린 제독과의 첫 공조였는데, 진린은 금당도 뒤쪽에서 구경만 하다 나중에 시체(전과)만 뺏어 갔다고 이순신 장군이 강하게 불만을 토로했던 바로 그 해전이다. 때문에 절이도 해전에 대한 기록이 명나라 수군을 욕되게 하는 것, 곧 명나라 황제를 욕되게 하는 내용이라 해서 공식 기록에서 빠지게 됐다는 어느 역사학자의 주장도 있다.

이순신 장군이 어디에선가 '절이도 출신 장정들은 기골이 장대하고 용감무쌍하다', '절이도의 시누대로 만든 화살이 곧고 성능이 최고다'라는 칭찬을 했다고 한다. 그러나 '난중일기'를 포함 현재까지 어디에서도 그 기록을 확인하지는 못하고 있어 필자로서는 안타까울 뿐이다.

다만 난중일기 중 1592년 4월 22일 일자에 '새벽에 망보는 일에 이상이 없는지 조사하도록 군관들을 보냈다. 배응록은 절갑도(折甲島)로 가고 송일성은 금오도로 갔다'는 기록이 있는 것으로 보아 절갑도(거금도)가 목장성의 전투 말, 시누대 화살, 병력 차출, 군량미 등을 포함해 이순신 장군의 중요한 전략적 요충지 및 다양한 군수물자 공급처가 아니었을까 추측을 해본다.

　다행히 거금도에는 이순신 장군의 승전 소식을 들을 때마다 섬사람들이 벌였다는 매귀굿(농악)이 무형문화재 '월포 문굿' 으로 맥을 잇고 있다. 아쉬우나마 이순신 장군의 발자취를 느껴 볼 수 있는 문화유산이다. 지금 월포는 웰빙식품인 매생이로도 유명세를 타고 있다.

매귀 굿

　서울 구로동에 간 형님, 누님들이 환상 같은 선물 보따리 가득 안고 왔던, 눈이 빠지게 기다렸던 설이나 추석. 그 즈음이면 어른들로 구성된 농악대가 울긋불긋한 복장으로 풍악을 울렸다. 손에서 손으로 입에서 입으로 전수되는 농악은 동네 사람이면 누구나, 아무 악기나 붙잡고도 굿거리, 중모리를 두드리는 생활 레포츠였다.

　특히 정월대보름에는 농악대가 집집마다 돌며 3박 4일로 농악놀이를 했고, 깃발들 나부끼며 서로 다른 마을로 원정도 다녔다. 그걸 전문 용어로 지신밟기라고 하는 것 같다.

　우리 같은 조무래기들은 그 농악대를 따라다니며 몸도 흔들고 떡이며 과일, 삶은 돼지고기를 원 없이 얻어먹는, 더할 나위 없는 최고의 축제였다. 갱무갱무갱무갱~ 갱무갱무갱무갱~ 농악놀이가 클라이맥스를 지나 징소리로 끝을 맺으면 뜻도 모를 '매구야~~' 소리를 모두가 합창하면서 환호와 박수를 반복했다.

　그 '매구야~'의 근원이 임진왜란 때 이순신 장군의 승전보를 즐겼던 '매귀굿'인 줄은 몰랐다. 그냥 우리는 '매구친다'고 했었다. 매귀굿을 이어온 '달개문굿'은 무형문화제로까지 대접 받고 있다. 행정 서류상 동네 이름이 월포라서 '월포 문굿놀이'다.

동초 김연수 선생

 동초제를 창시한 소리꾼, 故 김연수 판소리 명창의 아호는 동초다. 그는 1907년 전남 고흥 군 금산면(거금도) 대흥리에서 태어났다. 그곳에서 14세까지 한학을 수학하였으나 뜻한 바 있어 서울로 올라와 〈중동중학〉에서 신 학문을 하였고, 이로써 새로운 세계관에 눈뜨게 되었다.

1935년 순천에 체류 중인 당대의 명창 유성준 문하에서 〈수중가〉 한 판을 떼었고, 동년 7월 서울에 올라와 〈조선성악연구회〉에 입회, 송만 갑 문하에 입문하여 〈흥부가〉와 〈심청가〉를 배웠다. 1936년에는 정정 렬 문하에서 〈적벽가〉와 〈춘향가〉를 전수하였다. 이로서 동초는 판소 리 다섯 바탕을 모두 섭렵하여 판소리의 대강을 확인, 이로써 여생을 판소리 연구와 전수에 바치기로 뜻을 세웠다.

1937년 조선성악연구회 이사가 되었고, 동 기관의 전속단체인 〈조 선 창극좌〉 대표가 되면서 창극 중흥에 큰 뜻을 펴기 시작했다. 동년 3 월, 일본 〈빅타〉사의 전속가수가 되어, 5대가의 더늠대목을 뽑아서 소리판 30장을 출간, 1940년엔 O.K사의 전속가수로서 〈심청가〉 전편과 〈장끼타령〉 한질을 출간한 것이 그의 출세작이다.

동초는 1945년 〈김연수 창극단〉, 1950년엔 〈우리 국악단〉을 만들어 그의 창극이론을 실천하기 시작했다. 이로써 동초는 흔히 말하는 〈창극 판소리〉의 새로운 창법을 트기 시작하여 판소리계의 새로운 바람을 불러 일으켰다. 여기에는 많은 반발과 명창인 〈임방울〉과는 그 견해의 차로 늘 불편한 관계이기도 하였다. 그러나 동초는 새로운 시대에 창극이 부응하자면 〈창극 판소리〉로 갈 수 밖에 없다는 그의 지론을 굽히지 않았다. 이 점에서 그의 공은 막중하며, 선각사상가라 불러야 할 것이다.

동초는 1957년에는 대한국악원장, 1958년에는 ITI한국본부 부위원장, 1962년에는 문화재보호법에 의한 중요무형문화재 제5호인 판소리로 지정 받았다. 동초가 평소에 판소리 5바탕을 심혈을 들여 정리 출판한 일은 동리 신재효에 버금가는 위대한 업적으로 판소리사에 크게 빛나는 것이라 믿는다. 특히 사설에 일일이 장단을 붙이고, 발성까지 지도해 놓아서 후생들의 판소리 입문에 크게 돕는 일을 하였다.

동초 김연수가 판소리와 창극에 공헌한 업적은 말할 것도 없이 많다. 그중 또 하나가 동아방송에서 1967년부터 시작한 판소리 5바탕 전판을 녹음하여 140여회에 걸쳐 연속 방송한 것은 그의 초인적이며 기록적인 업적으로 본다. 이일은 판소리사에 영원히 남을 금자탑이다.

- 사진과 글 www.ggdo.com 발췌

특히 옛 명창들은 대부분 한문에 약해서 사설의 뜻을 모르고 부르는 경우가 많아 사설이 와전되어 전승되기도 했다. 어려서 한문을 공부했던 김연수는 그런 점을 문제점으로 생각하고 명창으로서는 드물게 창본을 직접 정리하여 남겼다. 김연수는 옛 명창들의 소리제를 손질해서 자신의 개성에 걸맞은 동초제를 완성해냈다. 김연수는 자유분방했던 옛 판소리를 근대 청중의 취향에 맞게 정형화 시켜놓았다.

김연수가 창본을 정리한 것은 큰 업적이며, 김연수의 창본은 이선유의 창본과 함께 귀중한 창본으로 평가받고 있다. 이러한 큰 업적은 김연수가 철두철미한 성품을 지녔기 때문에 이루어질 수 있었다. 즉, 김연수는 확실한 것을 추구했다. 그리하여 자신이 생각했던 확실한 창본을 정리했다. 발음을 확실하게 하기 때문에 가사 전달이 빠르며, 정형화된 소리제를 갈고 닦아 거의 실수없이 확실하게 대중에게 감동도 전달한다. 이런 동초제의 특성은 오늘날 다른 소리제에도 큰 영향을 주고 있다. 신재효가 정리한 판소리 사설 중에서 잘 불리워지지 않던 대목들을 김연수가 자신의 소리제에 살려놓은 것도 높이 평가된다.

- www.ggdo.com 거금도닷컴에 게시된 명인기획 노재명 대표 글에서 발췌

거금도의 우상, 박치기 왕 '김일' 선수

어느 초겨울 비 오던 날, 토방에 꺼내 놓은 철이네 테레비 앞으로 온 동네 사람들이 다 모였다. 십육문킥 자이안트 바바와 안토니오 이노끼, 가라데 천규덕과 김일 선수가 무제한 완폴제로 헤비급 태그매치 국제 레슬링을 붙는다.

자이안트 바바가 경기 전에 팬티 속에 숨긴 쇠붙이로 김일의 이마를 찍었다. 우리는 이미 그가 반칙을 하려고 뭔가를 숨기고 있다는 것을, 심판이 선수들 몸 검사할 때부터 알고서 소리를 쳐댔지만 심판에게 들릴 리가 없었다. 비틀거리는 김일 선수의 이마에 피가 낭자했다. 우리는 안타까움에 발을 굴렀고, "저 개새끼 주개 부러" 소리치며 "김일! 박치기! 으이싸, 으이싸"를 연호했다.

우리의 목 터지는 응원을 들었는지 드디어 느랏떼 김정수 씨 아들, 거금도 씨름왕, 우리들의 영웅 김일 선수가 원자폭탄 박치기를 시작했다. 자이안트 바바는 큰 대자로 꼬꾸라졌고, 안토니오 이노끼는 벌벌 떨며 링 밖으로 도망쳤다. 아나운서도 감격의 목소리로 '박치기, 박치기~ 김일~'을 연신 외쳤고 우리는 동네가 떠나갈 듯 마당을 굴렀다. 초겨울 그 비를 쫄딱 맞았지만 아무도 집에 가지 않았다.

스위치만 누르면 안 되는 게 없다던 미국, 일본의 무시무시한 거구들이 김일의 박치기 앞에서는 오줌을 질질 쌌다. 그날의 프로레슬링은 다음 경기가 있을 때까지 마르고 닳도록 아이들의 입에서 입으로 중계되었고, 그 경기를 그대로 실전처럼 흉내 잘 내는 아이 두 명은 동네 어른들이 사주는 오다마 사탕과 건빵을 독차지했다.

전쟁 후 실의에 빠졌던 국민들, 이젠 잘살아 보자며 새마을운동을 했던 시절, 김일의 박치기는 전 국민을 일시에 단합시키는 내셔널 스포츠였고, 특히 일본에 대해 국민들의 감정적 한을 풀어 주는 청량음료였다. 프로레슬링 세계 챔피언 김일의 파급력은 월드컵 축구보다 더했으면 더했지 덜하지 않았다.

바로 그 박치기 덕분에 남해 땡섬 거금도에 전기가 담양이나 화순의 어지간한 육지마을보다 먼저 들어오게 되었다. 사연인 즉, 대통령이 국민단합과 애국심 고취에 큰 역할을 하던 그를 불러 격려하던 차에 부탁할 게 있냐고 묻자, 그는 두말없이 '고향 거금도에 전기를 넣어달라' 고 했던 것이다. 거금도 열서너 개 초등학교에 피아노와 풍금, 밴드부의 모든 악기도 박치기 왕 김일 선수 덕분이었다.

가난을 피해 일본으로 밀항, 역도산을 만나 레슬링에 입문해 성공한 그는 처음부터 끝까지 가난한 고향을 잊지 않았다.

2006년 10월 26일 서울 을지병원, 왕년의 국민영웅 故 김일 선수를 떠나보내는 자리에는 레슬링과는 거리가 멀어 보이는 중년, 노년의 남자들이 군데군데 끼리끼리 앉아 있었다. 거금도의 영원한 영웅을 기억하고 그에게 감사한 마음을 잊지 않고 있던, 서울에 사는 거금도 사람들이었다.

거금도, 드디어 육지가 되다

섬사람은 그냥 섬사람으로 살아야 하는 줄 알았다. 육지 한번 가려면 배 시간 맞춰 나가야 하고, 날씨가 궂거나 파도가 높으면 그나마도 접어야 했다. 섬 아이들에게 자립심은 필수였다. 공부든 취업이든 객지의 이른 자취 생활로 그들의 생존을 위한 투쟁은 시작되었다. 무동력 고물 조각배를 노 저어 파도 가르던 뚝심, 이물에 삿대 박아 중심 잡던 판단력만이, 가진 것 없이 맨손으로 세상 풍파와 맞서는 그들이 가진 유일한 자산이었다.

그 섬에 다리가 놓인다. 섬 앞 항구도시 녹동 (이순신 장군의 녹도진)에서 천혜의 비경을 간직하고 있는 소록도를 잇는 다리가 이미 놓였고, 이제 소록도에서 다시 거금도까지 다리가 놓이니 섬과 섬을 잇는 다리다. 어쨌든 배를 타지 않고 거금도까지 씽씽 달려 올 수 있으니 섬에서 일약 육지로 상전벽해가 되었다.

2002년, 월드컵 지나 다리 놓는 공사를 바로 시작했으니 벌써 9년째다. 공사비만 해도 2천646억 원이나 들었다. 그간 이 사업을 조마조마하게 지켜보던 거금도 사람들은 비로소 안도의 숨을 쉰다.

다리라고는 하지만 보통 다리가 아니다. 우리나라에서는 최초로 2층 복층 구조다. 1층으로는 사람과 자전거가 다니고, 2층으로는 자동차가 다닌다. 자전거로 여유 있게, 걸어서 정답게, 차를 타고 시원하게 남해안 다도해의 절경을 눈에 담으며 다리를 건널 수 있다. 이름 하여 '거금대교' 다.

육지보다 바람이 많고 지진과 태풍에도 이겨낼 수 있어야 하기에 어느 다리보다 튼튼하게, 심혈을 기울었다. 섬이 육지로 다시 태어나는 날, 섬으로 들어오는 외지 사람도 밖으로 나가는 섬사람도 '격세지감'에 빠질 것이다. 그런 날이 오리라곤 어머니의 어머니, 어머니의 어머니는 절대 몰랐을 것이다. 전기가 처음 들어와 밤을 밝혔을 때처럼, 새로운 충격이 될 게 틀림없다.

거금대교는 남도문화와 풍경의 랜드마크가 될 전망이다. 다도해가 한눈에 내려다보이는 적대봉, 손맛이 좋기로 소문난 바다낚시, 겨울철 시린 속을 달래 주는 데 그만인 매생이, 벌교의 꼬막, 한 많은 역사와 천혜의 비경을 간직한 소록도, 우주과학의 메카로 떠오른 나로도 우주센터, 고흥의 팔영산, 이순신 장군의 전라좌수영 주력 5진, 갈대로 유명한 순천만 자연생태습지로 연결되는 순천만 - 거금도 관광벨트 등 거금도에 와서 보면 사방이 다 관광지다. 앞으로 넘어져도, 뒤로 넘어져도 다 아름다워서 풀밭에 누워 하루 종일 바다와 하늘만 바라봐도 마음이 부자가 된다.

    • [뉴스보도, 사진 현대건설 제공] 우리나라에서 열 번째로 큰 섬인 전남 고흥군 거금도가 마침내 육지와 연결된다. 현대건설이 세운 거금대교가 소록대교와 함께 녹동항-소록도-거금도를 연결해 달리는 환상의 다도해 바닷길이 만들어진다. 2.028km 길이의 행상교량을 중심으로 육상 도로와 터널을 합해 총 6.67km에 이른다.

사장교(斜張橋)인 이 다리는 한복판에 167.5m 높이의 황금빛 주탑 2개가 우뚝 서서 각각 좌우의 케이블 다발로 바다 위 교량 상판을 팽팽하게 잡아당겨 떠받치는 구조다. 차도 양쪽 바깥으로 케이블을 설치한 다른 교량과는 달리 차도 중앙에 케이블을 배치해 다리를 건너면서 바다 쪽으로 탁 트인 경치를 감상할 수 있게 했다.

거금대교의 번들 케이블은 구름 사이로 비치는 금빛 햇살을 형상화한 것이며 태풍 경로에 위치한 다리여서 내풍과 내진 설계에도 각별한 신경을 썼다. 특히 이 다리는 차도 아래에 자전거, 보행자용 도로를 따로 만든 복층 구조로도 눈길을 끈다. 현대건설에 따르면 구개에서 2층 구조로 만들어진 해상교량은 거금대교가 처음이다.]

웰빙 샛감도리

웰빙이 대세다. 그러나 내가 살던 거금도 샛감도리는 이미 40년 전부터 웰빙이 넘쳤다. 요즈음 건강을 생각해서 공원에 놓인 인공 자갈길을 맨발로 걷지만, 그때 우리는 문장표 검정고무신이 닳을까 봐 맨발로 십리 길을 걸었고, 백사장 맨발 걷기는 일상이었다.

건조한 몸을 위해 생식, 채식, 꽁보리밥이 좋다고 일부러 찾아 먹는 요즘이지만 한여름 처마 밑 대나무 소쿠리에 걸어 둔 보리밥을 찬물에 말아, 된장 찍은 풋고추에 무청김치 말아 먹는 그 미친 맛을 아는가!

들길, 산길, 바닷길, 논둑길, 밭둑길 걷다 보면 때알(산딸기)에 참외, 가지, 오이, 독배, 단감, 또가리감, 딱지, 더덕, 칡, 냉감, 단싯대, 양파, 짐질, 우무, 고구마 썰어 말린 빡빼기까지. 사시사철 걸리는 대로 그냥 뚝 따서 옷에 쓱쓱 문질러 껍질째로 우둑우둑 베어 먹었다. 오염되지 않은 생것이었다. 대나무 천대(낚싯대)로 문저리(짱뚱어)를 잡자마자 된장에 푹 찍어 먹는 그 맛을 어떻게 글로 설명하겠는가!

• 아버지 산소 가는 거금도 팽전 산길의 냉감.

춘란이 꽃을 피우기 직전 꽃대가 고개를 숙일 즈음, 지천으로 널린 춘란 꽃대를 끝도 없이 따먹었다. 춘란인지 뭔지 그때는 알지도 못했다. 요새 자연산 춘란 한 촉이 얼마나 비싸던가! 값도 모르고 흔히 먹었으니, 은연중에 몸이 호강했다. 그것이 지금의 샐러드 바라고 치자.

40년 전 거금도는 황토 범벅이었다. 방바닥, 배른빡(담벼락), 길거리, 들과 산 어느 한 곳 황토 아닌 것이 없었다. 가도 가도 끝없는 전라도길 황토길……. 한하운 시인의 고백처럼 천지빼깔(천지사방)이 황토였다. 요즘은 황토찜질방에서 몸을 지진다고 일부러 돈 주고 찾아다닌다.

남해 청정해역의 짜릿한 간기를 머금고 적대봉 해송의 짙은 솔향을 덧칠해 불어오는 그 바람. 들로 산으로 다니며 참꽃(진달래), 냉감, 삐비, 더덕, 딱지, 칡넝쿨을 간식 삼았다. 망태산 쇠깔(소먹이풀)밭 걸고 새몰, 조금노리 소먹이꾼 아이들과 벌인 씨름, 윷놀이, 개작대기(자치기), 목자(비석)치기, 공기놀이, 핵꼭기, 삼팔선, 이깡볼(손야구) 단체전들. 그것은 혼이 나갈 정도로 지독한 엔터테인먼트였다.

아! 백전불패를 자랑하던, 깨진 기왓장 갈아 만든 나의 독수리 오형제 공깃돌과 화강암 목자. 지금도 신촌 소몰이꾼들과의 망태산 내기 한판 전투를 위해 두 눈 부릅뜬 채 팽전 소나무 밑에서 주인인 나를 눈이 빠지게 기다리고 있을 것이다.

3호선

차도 실어 나르는 철선이 나오기 전에, 녹동이라는 그 껍난 항구에 모처럼 나가려면 '3호선'이라는 목선, 통통배 동력선을 타야 했다. 부산까지 간다는 태안호 보다는 훨씬 작았을 것이지만 대여섯 살인 나의 기억엔 엄청나게 큰 배로 남아 있다.

여섯 살 정도 돼서 혼자 나다닐 만큼 됐을 적엔 틈만 나면 엄마 몰래 녹동 '대창상회'에 사환으로 있던 큰 형님을 찾아갔다. 형님이 손에 쥐어준 빳빳한 10원짜리 종이돈으로 아이스께끼나 국화빵 사먹고 돌아오는 재미가 보통이 아니었다.

그러나 지금처럼 방방마다, 사람마다 전화기를 가지고 있던 때가 아니기에 연락 없이 찾아갈 수밖에 없었는데 갈 때마다 상회에 형님이 있었던 건 아니었다. 대개 성공률은 반반이었다. 어느 추운 겨울날, 아마도 나만큼 남루했을 뱅환이, 재석이를 이끌고 조금노리 선창가로 길을 나섰다.

"녹동만 가믄 울 행님이 돈 준께로 풀빵 사묵고 오자."

3호선을 탔는데 조수 아저씨가 선비를 내라고 했다. "나가 샛감도리 누구누구 동생인디라 녹동 가믄 행님이 돈 준께로 들올 때 선비 내 께라" 했다.

아! 그런데 이를 어째야 쓸 것인가. 형님이 순천 가고 없다는 것이었다. 눈물이 나왔다. 그냥 눈물이 나온 것이 아니라 펑펑 쏟아져 나왔다. 여섯 살짜리의 그 처참했던 실망감은 샛감도리 방파제를 치는 뉘보다도 서러웠다.

소록도 해전

마을 어른들이 김 채취를 위해 해우 발막을 늦가을 어느 해, 노 젓는 쪽배(똔마이배)에 돌을 가득 싣고 소록도 쪽으로 간 청년들이 밤늦게 돌아왔다. 채취권을 놓고 어떤 사람들과 한판 해전을 벌이고 돌아왔다고 했다. 부상당해서 온 청년들을 에둘러 앉아 그들의 무용담으로 밤을 샜다.

소설가 故이청준 선생님의 대표작 ' 당신들의 천국 '의 배경이 된 섬, 소록도가 도양면 관할로 행정구역이 변경되면서, 도양면 봉암리 사람들과 거금도 신촌리 사람들 간에 소록도 앞 바다를 놓고 벌인 물리적 대결이었다. 거금도가 이겼던 것 같다. 형님과 어머니가 소록도 앞바다 중강발로 김을 채취하러 계속 다니셨으니까.

생묘

우리는 생묘라고 했지만 아마도 성묘였을 것이다. 겨울 지나고 성묘
철이 되면 조무래기들의 흥분은 극에 달했다. 제사가 끝날 때까지 무
덤 주위 산에서 뛰어놀다 보면 아이들에게 모이라고 할 때가 왔다. 4열
종대로 늘어앉은 아이들은 미리 가지고 온 항가치(손수건)에 떡, 고기,
전 등 제사음식을 배급 받았다. 마땅한 군것질 거리가 없던 그때, 돈창
에서 팽전까지 몇 날 며칠 계속되던 무덤들마다의 성묘가 꼬마들에게
는 흥분으로 잠을 설치는 축제였다. 어른들은 집안 불문, 동네 불문하
고 꼬마들 모일 숫자에 대비해 떡이며 과일을 넉넉히 준비했다.

풀베기

새마을운동의 일환으로 퇴비증산 운동이 한참이었다.

1970년 즈음으로 기억된다. 그해 여름, 거름하기 위해 온 동네 사람들이 천막과 이불, 솥단지를 챙겨서 평산바구 돌아 적대봉 밑 진자무 어귀에서 몇 날 며칠 풀을 베었다. 지금으로 치면 캠핑 풀베기였던 것이다.

대통령처럼 카리스마 넘치는, 검은 선그라스의 젊은 이장이 탄 배에서는 하루 종일 유행가가 흘렀다. 동네 사람들은 낮에는 풀을 베었고, 밤이면 모닥불 피우고 웃음 잔치를 벌였다. 된장국 안 끓였다고 솥단지 엎는 꼴통 아저씨, 노래하고 춤추는 아버지와 엄마, 징허디 징헌 깔따구 모기…….

태풍 오기 전 바람 많던 날, 풀을 가득 실은 수십 척의 똔마이배(노 젓는 무동력 배)들을 동네 유일한 동력선인 신금호에 줄줄이 연결, 샛감도리로 향한다. 파도에 흔들리는 배들이 금방이라도 물속으로 가라앉을 것 같아 가슴이 조마조마했다.

항해 도중 줄에 묶인 배들이 심하게 요동쳤다. 사람들은 배가 난파될까 봐 맨 뒤의 배부터 한 척 두 척 잇대진 줄을 끊어 대열에서 이탈,

돛을 올리고 노를 젓기 시작했다. 이제 최꾀센, 아버지께서 탄 우리 집 똔마이배가 맨 끝에 매달렸다. 아버지 혼자서 키를 잡고 갖은 애를 쓰신다. 신금호에 탄 나는 맨 뒤에 매달려 출렁이는 우리 배가 뒤집어질까 심장이 멎을 것 같았다. 그토록 애간장 터지게 '아부지! 아부지!' 하며 기도했던 게 그때가 처음이자 마지막이었던 것 같다.

세발자전거

　당시 아이들의 로망이었던 화약 권총과 세발자전거. 그러나 세발자 전거는 두 동네 걸러 한 대 정도나 있을까 말까 할 만큼 귀한 물건이라 서, 우리는 형들이 만들어 주는 대체품으로 만족해야 했다. 바로 삼발 이였다.

　먼저 지름 20센티 정도 되는 둥그런 나무를 두께 5센티 정도로 잘 라 물에 하루 정도 불렸다. 그런 다음 대못으로 한가운데 500원짜 리 동전보다 조금 큰 크기의 둥그런 구멍을 뚫어 바퀴를 만들었다. 바퀴 구멍에 들어갈 만한 단단하고 반듯한 나뭇가지, 주로 팽나무를 적당한 길이로 잘라서 A자 받침목 앞뒤로 고정시켜 바퀴 축으로 삼 았다. 뒤축에는 좌우로 바퀴 두 개, 앞에는 짧은 바퀴 축에 바퀴 하 나를 끼우고 Y자 형 나무가지로 핸들을 붙이면 훌륭한 세발 또는 네 발 자전거가 됐다.

　다만 페달이 없는 관계로, 앞쪽에 새끼줄을 매서 친구끼리 번갈아 상대방의 삼발이를 끌어 주지 않으면 움직이지 않는 수동식이었다. 물 론 비탈길에선 자동으로 굴렀기에 우린 주로 비탈길에서 삼발이를 타 고 놀았다. 좀 더 크게 만든 바퀴 네 개 달린 사발이는 아이용 손수레를

대체하는 훌륭한 운송수단이기도 했다. 삐그덕 삐그덕 나무 바퀴 구르는 소리가 요란하면 바퀴와 팽나무 가지 축 사이에 양초를 칠해 바퀴가 부드럽게 구르도록 했다.

전기 빵틀

가난했던 섬이라 문명의 혜택이 귀했어도 있을 건 다 있었다. 다만 '자동식' 이 아니라 대부분이 직접 움직여야 하는 '수동식' 이었을 뿐이다.

그중에는 빵을 굽는 전기 빵틀도 있었다. 가로세로 15센티 정도의 사각 양철판 2개, 못 2개, 전기선과 콘센트, 나무판자만 있으면 전기빵틀이 만들어졌다. 위가 뚫린 정사각형의 나무상자를 만들되 상자 안쪽 좌우 면에 사각 양철판을 붙이고, 그 한가운데에 못을 박아 못대가리를 상자 밖으로 빼냈다. 단자 역할을 하는 양쪽 못대가리에 전선과 플러그를 연결하면 훌륭한 빵틀이 완성되는 것이다.

사카린과 소다를 섞은 밀가루 반죽을 상자 안에 절반쯤 채우고 플러그를 콘센트에 꽂으면 뜨거운 전열이 발생하면서 밀가루 반죽이 빵으로 부풀어 올랐다. 그렇게 만들어진 빵의 속살도 맛있었지만 양철판에 눌어 붙은 빵껍질의 맛 또한 그야말로 별미였다.

콩쿠르대회

　해마다 추석 때면 동각에서 부락 콩쿠르대회가 열렸다. 서울에서 내려온 동네 형이 치는 통기타 반주에 맞춰 고구마를 반으로 쪼개 놓은 듯한 스피커 앞에서 마이크를 쥐고 노래하는 것이 전부였지만, 그날 저녁 내내 동네는 어른이고 아이들이고 간에 흥겨운 축제였다.

　기타 치는 형 뒤로는 선학표 양푼, 양동이, 주전자, 세숫대야, 문장표 고무신, 낫, 호미, 삽, 괭이, 갈퀴 같은 상품이 쌓여 있었다.

스케이트

　겨울에 저수지에 얼음이 얼면 해가 중천에 오를 때까지 썰매를 타고 팽이도 쳤다. 그러던 어느 날 처음으로 스케이트라는 것을 구경했다. 설을 맞이하여 서울에서 내려온 형이 반짝거리는 스케이트를 메고 저수지에 의기양양하게 나타난 것이다. 추석 때 주로 동네 콩쿠르대회에서 기타 반주를 맡던 형이었다.

　스케이트가 신기해 졸졸 뒤따르는 아이들을 뒤로 한 채 폼 나게 스케이트를 지치기 시작했고 우리들은 '우와!' 하고 탄성을 연발했다. 그런데 그날따라 얼음이 약하게 얼었던 것이 문제였다. 스케이트를 지친 지 얼마 안 돼 멀리서 코너링을 하다가 얼음이 깨지면서 저수지에 퐁당 빠져 버렸고, 그 형 구한다고 온 동네가 난리가 났었다.

순회 영화

  그때도 면사무소 옆에 극장이 하나 있었는데, 돈을 내고 영화를 본다는 게 우리 조무래기들에게는 흔하지 않은 일이었다. 가끔 유랑극단이 들어와 펼치는 마술쇼나 가족 영화를 형님, 누이의 손을 잡고 봤다.

  그 대신 학교에서 선생님들이 철마다 밤이면 각 동네를 돌면서 동각에 천막을 치고 영화를 상영해 줬다. 새마을운동이 한창이던 때라 주로 계몽영화나 박정희 대통령 선전을 위한 장군들 영화였다. 그때 삐까번쩍한 갑옷을 입은 이성계 장군 영화를 보면서, 위화도 회군이었나, 물에 빠져 허우적거리는 군사들 때문에 애가 탔던 기억이 새롭다.

달력

　매년 겨울이면 국회의원 달력 두 장이 집으로 왔다. 하나는 공화당 신형식 의원, 다른 하나는 민주당 이중재 의원이 보낸 것이었다. 상단 중앙에 큰 얼굴과 함께 열 두 달이 새겨진 신형식 의원의 달력은 안방의 벽에 붙어 일 년 농사와 바다 일(김 양식)을 이끌며 대우를 받았지만 이중재 의원의 달력은 새로 나온 교과서를 싸거나 가오리연을 만드는 데 쓰였다. 언젠가는 아버지와 큰형이 박정희냐 김대중이냐를 놓고 말싸움을 벌이기도 했다.

　설이면 할아버지께서 막내 손자들에게 연을 만들어 주시는데, 큰집 막내 형은 창호지로 폼 나게 방패연을 만들어 주시면서 나는 만날 시멘트 종이나 달력으로 가오리연만 만들어 주는 것이 불만이었다. 그래서 큰집 앞에서 연줄을 끊어 연을 멀리 날려 버리는 것으로 깡을 부리기도 했다.

꽃가마

　예식장의 신식 결혼식이 집에서 치르는 전통혼례를 밀어내던 시점
이었다. 동네에서 마지막 전통혼례를 본 것이 6살 때였다. 처녀총각들
이 신랑신부에게 콩과 기다란 색종이를 마구 던져댔고, 동네 처녀가
옆 동네 조금노리로 가는 가마를 졸졸 따라갔다.

　큰집 큰누이가 가까운 육지로 시집을 갈 때 이불, 장롱, 옷 등 갖은
혼수를 일가친척 남정네들이 들쳐 메고 줄을 지어 사돈댁으로 향했다.
매형 동네 입구에서 큰집 형은 커다란 함지박을, 난 조그만 세숫대야
를 등에다 지고 매형 집까지 걸어갔다가 50원인가를 용돈으로 받았다.

꽃상여

결혼식이 즐거운 동네 잔치였던 반면 장례는 온 동네의 슬픔이었다. 아침에 큰 곡소리와 함께 흰 옷이 지붕 위에 걸리면 그 집에 사람이 죽었다는 뜻이었다. 장례를 치르는 사흘 동안 동네는 사람으로 북적였고, 밤이면 곡소리와 상여꾼들의 노래소리가 이어졌다.

상여를 이끄는, 아마도 요령잡이라고 하는 사람이 둥둥 북을 치며 '이제 가면 언제 오나, 오실 날이나 알려 주소' 같은 앞소리를 하면 상여꾼들이 뒷소리로 '어노, 어어어어 노오야, 얼과리 넘차 너와요오' 를 합창하는데, 북 치는 사람의 가사가 다양하게 바뀌면서 계속되었다. 알고 보면 참 슬픈 날이었지만 떡과 삶은 돼지고기 등 먹을 것과 꽃상여 나갈 때 상여꾼들이 벌이는 여러 볼거리로 어린이들에겐 장례식 또한 그저 즐거운 구경거리일 뿐이었다.

당골레 **무당굿**

구경거리의 압권은 단연 '굿'이었다. 밤새 징과 북을 치며 뭐라 뭐라 중얼거리고, 노래 부르던 무당이 하얀 천을 두른 커다란 대나무를 잡고 선 채 '아이고, 엄니' 하면 동네 아주머니들은 서럽게 흐느끼면서 손바닥만 연신 비벼댔다.

새벽 한 시도 넘어, 조금 있으면 무시무시한 작두를 맨발로 타고 바다에 빠져 죽은 그 집 형이 귀신으로 온다는데, 나는 귀신도 무섭고 졸리기도 해서 한 번도 작두 타는 것까지는 기다리지 못하고 집으로 도망갔다.

거금도 바닷가에서
만난 사람들

2

사주

엄니, 나를 몇 시에 났소?
해거름 녘에 낳았지!
추석 3일 전 해거름 녘이면 오후 3시부터 7시 정도다. 그래서 나는
사주를 안 본다. 못 본다. 하긴 내 친구 항만이는 더 험하다. 토끼 밥 줄
때 낳았단다. 토끼 키워 본 사람은 다 안다. 시도 때도 없이 지나다가
주는 것이 토끼 밥이라는 것을. 항마니 역시 사주를 못 본다. 행모는 교
회 종소리가 들렸단다. 그런데 새벽종인지 저녁종인지 모른다. 거금도
베이비부머들의 팔자다.

내 어머니, 진달래 여사

• 여느 어머니처럼 '오래 가도록 확 지져 버린' 진단례 여사의 파마머리.
거금도에서 태어나 온갖 풍상 겪으며 살아온 85년, 바로 앞 녹동까지 밖에 못 오셨다.

진달래 여사의 정확한 존함은 진단례(陳端禮)지만 어렸을 때는 '끈님이'로 불리셨다. 여사의 고향은 남해 쪽 섬 거금도의 발마끄미고, 열아홉 살 정도에 산 너머 동네 샛감도리로 시집을 오셨다. 그러니까 올해 공식(?) 연세가 여든하고도 다섯이다.

여사께서는 평소 TV를 보시다가 전직 대통령들이 나오면 " 영새미,

대주이 저것들하고 나하고 동갑 "이라 말씀하시지만, 어쨌거나 면사무소에는 1926년생으로 기록되어 있다.

여사께서는 일정시대 거금도의 많은 어머니들이 그랬듯 교육의 혜택을 거의 못 받았지만 덧셈하고 뺄셈만큼은 기가 막히다. 만약에 진여사께서 셈법마저 모르셨다면 무슨 일이 있었을까. 짚어볼 필요도 없이 명백한 결과 하나는 '오늘의 나는 없다' 는 것이다.

' 매입원가 ' 니 '당기 순이익 ' 이니 하는 복잡한 말 필요 없이 1만5천 원에 멸치 한 포를 사서, 스무 봉지로 쪼개 담은 뒤 재래시장 이불가게 앞, 모퉁이 앞자리에 앉아 가게 주인 눈치 봐가며 봉지당 1천 원에 팔면 5천 원이 떨어진다는 것, 그리고 1만 원짜리 지폐를 받으면 1천원짜리 아홉 장을 넘겨줘야 한다는 것은 정확히 아셨다.

때로는 셈법이 너무 밝아서 학교에 낼 돈 100~200원을 타내려면 사나흘은 매달려야 겨우 받을 수 있었다. " 안 주고 버티다 보면 그냥 넘어갈 때도 있더라, 돈이란 씨석뿌석 써버리면 안 모인다"는 확고한 철학이 있으셨던 것이다. 때문에 거짓말로 돈을 타낸다는 것은 상상할 수도 없었지만 그래도 가끔씩 아이스께끼 입에 물고 만화방을 들락거렸던 기억은 있다.

그런 나의 호사도 모른 채 시장에서 늦게까지 깻잎을 팔던 어느 여름날 오후, 점심을 거른 탓에 배가 너무 고파 붕어빵 한 개를 사먹을까 말가 100원짜리를 스무 번도 더 만지작거리며 빵 장수 앞을 서성이다 그냥 집으로 와서 맹물을 마셨다는 진 여사. 그렇게 한 푼 두 푼 모은 돈은 때가 되면 어김없이 나의 학자금을 위해 우체국 전신환으로 바뀌었다.

"보기군 보게나, 나는 옆집 안나 오빠일세. 자네 모친 부탁으로 전신환을 보내네. 이제는 자네 부친께서도 술 안 드시고 모친 일을 잘 도와주시니 자네는 걱정 말고 공부에만 전념하라네. 그럼 다음 달에 또 보냄세."

아버지가 어머니의 일을 잘 돕는다는 뻔한 거짓말과 함께 월말이면 옆집 형의 편지가 어김없이 나에게 배달됐다. 팔월 땡볕과 겨울 한발에도 함지박은 진 여사의 머리를 떠나지 않았으며, 나의 가방 끈이 길어지는 것에 비례해 함지박의 무게도 무거워졌을 것이다.

진 여사께서는 기둥 같던 장남과 '내 평생 웬수'를 가슴에 묻고, 간난신고의 옛 시절도 모두 접은 채 지금은 느릿느릿 세월을 보내고 있다. 그러다가 나를 포함해 대처로 떠나간 자식과 후손들에게 전화라도 걸려올라치면 목소리가 두 배는 커진다. 특히 자식이 별모레 쉰을 바라본다는 생각도 없이, '오메! 내 막둥아!'를 연발하며 나를 불러대실 때면 24시간 내 목소리가 그리우셨던 걸 알 수 있다.

그런데 문제는 자식들의 전화번호를 일일이 외울 수도 없거니와 요즘의 핸드폰 번호는 숫자가 열 개도 넘어가는 통에 그 긴 전화번호를 느린 손가락과 아슴푸레한 눈으로 순서에 따라 해독하며 누르기가 당신에겐 결단코 쉬운 일이 아닌 것이다. 어렵게, 어렵게 전화번호를 하나하나 누르다 보면 어느 순간 수화기 저쪽에서 예쁜 아가씨가 진 여사께 친절하게 말을 해온다.

"다이얼이 늦었으니 다시 걸어 주시기 바랍니다. 다이얼링 이즈 딜레이트. 플리즈 콜 어게인… 뚜뚜뚜뚜…삐?"

몇 번이나 시도하다 화가 나신 우리의 진 여사, 그 아가씨에게 호통을 치신다.

"아이, 요 징한 간네 새끼야! 잔 봐주라! 니는 애비 애미도 없냐? 나가 벌모레 나이가 구십인디 이마나 눌르믄 됐재, 얼마나 더한다야! 이 잡녀느 새끼야!"

우리의 진 여사께 '그 잡녀느 것' 이 사람이 아니라 기계라는 것을 납득시켜 드리기가 보통 어려운 일이 아니다.

첫선

발마끄미 진달래 처녀와 샛감도리 최꾀센 총각의 만남은 로미오와 줄리엣처럼 빽적지근하지도 않았고, 요새처럼 자기들끼리 알아서 해 낸 것도 아니었다.

어느 날 할아버지께서 둘째아들을 데리고 동네 뒤 야산 팽전의 몰랑(산등성이)을 넘을 즈음에 " 오늘 니 각시 될 간네(아가씨) 아부지 볼 거시여"라고 말씀하신 것이 전부였다고 했다.

신촌 고개 너머 발마끄미, 아낙네 셋이 밭을 매고 있는데 하얀 수건을 머리에 둘러쓰고 고개를 숙이고 있는 열아홉 살 처자가 오늘의 진 여사였다.

살짝 얼굴을 보려고 아무리 애를 써도 볼 수가 없었다. 하지만 ' 거 그 얼굴 좀 보세'라고 말도 못하는 시대여서 "키도 작고, 얼굴이 겁나게 검소 잉"라고 중얼거린 게 다였다는 게 진 여사님의 '내 평생 웬수', 돌아가신 아버지에 대한 회고였다.

아부지

어머니가 계시면 아버지도 계실 터인데 어째서 아버지 이야기는 없는가. 지독한 치통을 견디기 위해 샌내끼(새끼줄)를 날밤 새우며 열서너 바퀴, 1천 미터도 넘게 꼬셨던, 밤새 콜록거리며 해우 발장 꼬챙이를 깎으시던, 마루치 아라치 라디오 연속극 들으러 오후 다섯 시만 되면 남의 집 기웃거리는 내가 안쓰러워 녹동서 해우 팔아 금성라디오 사들고 조금노리 선창에서부터 뛰어오시던, 작정하고 대나무 베어 삐까번쩍하게 차전을 만들어 주시던, 점방에서 오실 때면 뒤 포케트(주머니)에 오다마 사탕 한두 개를 꼭 챙겨 오셨던, 고3 때 자취방에 오셔서 100일 정성으로 손수 밥과 반찬을 차리셨던, 환갑 넘으시자 백구두를 유난히 좋아하셨던, 그러나 거금도로 와서 녹동에서 떠나실 때까지 '팔할이 술' 이셨던 그 아버지.

그런 아버지를 보고 눈물이 핑 돈 적이 있다. 고3 때 광주의 겨울 어느 날. 학교에서 밤늦게 자취방에 왔는데 따뜻한 밥과 소고기 국이 차려져 있고 그리고 수돗가에서 허름한 시골 노인이 언 물에 빨래를 하고 있었다. 아버지였다.

원도 많고 한도 많았지만, 결혼해서 처자식 부양하며 마흔이 넘어 보니 이제야 알 것도 같아 새벽 베란다에서 망연히 별만 쳐다본다.

팽전 몰랑 날씨도 화창헌디
떼밭 갈라믄 소가 있어야끈디
창기따끼네 소를 빌릴끄나,
거그가 바쁘다믄 어짜끄다야.
놈들은 해우 발 막을 준비하느라
샌내끼 꼬고, 발자리 짜고, 배 손질하느라 정신없는디
소 빌러 나간 최꾀셍 감감무소식.
에라, 소는 먼 소…….
소 빌린담서 고라금엔 왜 갔당가.
고라금 몰랑 넘어 팽전 논두렁.
대저언~발 영시 오오시이입 뿌우운~~
길게 빼시며 집에 갈 생각을 안 하시네.
여섯 살 조무래기는 날이 어두워지면
건너편 무덤가에서 도깨비불 보일까 봐
옆에 앉아서 집에 가자며 졸라대지만
결국 아부지는 논두렁 덤불에서 코를 골아 버리신다.
아무도 없는 어두운 들판,
도깨비보다 아버지 코고는 소리가 더 무서워
마을이 보이는 저수지 아래까지 꽁지가 빠져라 달려서야

걸음을 멈추고 팽전을 돌아보면서
혼자 잠들어 계실 아부지 땜시 또 맘이 아퍼서
징징 짜면서 집에 가서 엄니한테 이러콩저러콩,
얼렁 아부지 깨우러 가자고 보챈다.

- 1970년대 거금도 명천 몽돌해변가. 아마도 젊은부부 나들이인 듯.

부부싸움

내가 대여섯 살 때, 대개 아버지가 술 취해 난장판이 된 다음날, 진 여사께서는 '못 살겠다, 발마끄미로 갈란다' 며 조그만 보따리를 들고 집을 나섰다.

전날 분위기가 심상찮다 싶으면 아침부터 나는 진 여사 뒤를 졸졸 따라댕기며 감시에 나선다. 바야흐로 진 여사께서 집을 나설라치면 당신의 치맛자락을 붙잡고 "엄니, 가지 마러" 눈물, 콧물 뿌리며 팽전까지 따라간다.

팽전 몰랑에서 다리 뻗고 한참을 흐느끼던 엄니는 "나가 널 두고 어디를 가겠냐"하시면서 떼밭(작은밭)이나 메시겠다며 집에 가서 호미를 가져오라고 그러셨다. 아마도 그때 조무래기 올림픽이 있었다면 난 육상 중장거리 금메달을 휩쓸었을 것이다.

나중에는 잔머리 돌려서 팽전 중조할아버지 뫼뚱(산소)의 소나무 밑에 호미를 미리 숨겨 놓았었다. 아주 나중에 그때를 이야기 할라치면 엄니는 "나가 언문을 모른 통에 니가 살았다" 하신다.

단칸방

넬모레 쉰이 되는 지금까지 나는 단 한 번도 어머니의 눈을 똑바로 쳐다보지 못했다. 무섭다거나 쑥스러워서가 아니라 애달프고 안타까운 연민 때문이다. 보릿고개가 실존했다던 그 시절, 거금도의 뉘라서 어렵지 않은 사람이 있었겠는가만 첫아들을 보자마자 군대로 훌쩍 떠나 버리신, 술 취하시면 귀가 닳도록 읊으셨던 〈대한민국 육군상사〉 아버지를 대신하여 자라나는 아이들 키우는 일을 온통 도맡으셨다.

철들면 대처로 떠나가는 자식들에, 평생 웬수의 술도 징해서 솥뚜껑 만한 논밭뙈기, 해우(김) 발자리(양식 권리) 처분해서 섬 앞 녹동의 큰형님에게 나온 지 일 년. 서울서 승부를 보겠으니 기다리시라며 큰형님 가족이 떠나갔을 때, 나는 늦은 밤 어머니의 소리 없는 흐느낌보다도 환상 같은 서울 사람이 될 큰형님 때문에 가슴 부풀었던 '속창시 없는' 중 2였다.

당혹스런 항구 도시 녹동의 단칸셋방, 거금도에선 생각지도 못했다. 집주인용 화장실은 수세식이고 셋방들이 화장실은 푸세식(재래식)인 그 집에서 어느 날 저녁, 무슨 일이 있었는지 어머니께서 같은 또래의 주인집 아주머니와 다투셨다. "우리도 거금도선 내 집 가지고 땅땅거리며 살았소!" 소리소리 지르며 우셨다. 밥주걱으로 밥솥에서 밥을 푸던 중이었는데 어머니께서 손을 하도 떠는 통에 밥이 제대로 안 퍼졌다. 그 저녁, 밥 한 그릇을 끝내 못 푸시고 말았다.

80년 광주

1980년 5월 하순, 광주는 그야말로 전쟁이었다. 그 도시에 갇혀 꼼짝 못하고 있던 어느 날, 진 여사께서 불쑥 풍향동 백림약국 뒤 자취방에 나타나셨다. 헝클어진 머리, 아무렇게나 둘러쓴 수건, 햇볕에 그을린 얼굴은 누가 봐도 열혈 시민 전사였다.

광주는 봉쇄되었고 귀한 내 새끼가 죽었는지 살았는지 몰라, 그 먼 녹동에서 화순까지 완행버스 타고 올라와 무등산을 걸어서 넘으셨단다. 그 당시 무등산은 어디서 총알이 날아올지 모르는 사선이었다. 진 여사는 자식 걱정에 두려움 없이 사선을 넘으셨던 것이다.

광주로 넘어와 풍향동 백림약국이 어딘지를 몰라 헤맬 적에 어떤 50대 아저씨께서 "아짐씨, 그라고 댕기믄 총알 맞기 딱 좋단께라" 하시면서 자전거로 한참을 진 여사를 태워서 자취 집 앞까지 데려다 주셨단다. 1980년 5월의 광주 인심이 그랬다.

며칠 뒤 신새벽, 진 여사께서는 소고기국 아침 밥상을 따뜻이 차려 놓으시고는 조용히 다시 사선을 넘어 녹동으로 내려가셨다.

붕어빵

　지금도 길거리의 붕어빵만 보면 항상 진 여사 생각이 난다. 하루 종일 길가에 쪼그리고 앉아 어떤 날은 점심도 굶어 가면서 멸치를 팔다 보면 시장 한 편에서 솔솔 풍기는 붕어빵 냄새가 그렇게 달콤할 수가 없었단다.

　그 당시 붕어빵 한 개가 얼마였는지 모르겠으나, 아마도 100원 정도면 허기를 채우며 맛있게 붕어빵을 먹을 수 있었으리라. 100원 동전을 들고 몇 번을 붕어빵 장수 앞을 서성이다가 번번이 못 사먹고, 결국은 집에 와서 찬물 한 바가지 마시고 다시 시장으로 나가셨다는 나의 진 여사.

　가난이 죄가 아니라서 자랑하자는 것이 아니라 새끼를 향한 어미의 숭고한 희생과 절박했던 사랑, 그것을 말하고 싶은 것이다.

부전자전

　한여름 저녁, 샛감도리 저수지에서 젊은 아버지가 어린 아들을 등에 올리고 헤엄을 쳤고, 어린 아들은 그저 신나라 했던 짧은 기억. 국민학교 입학 전까지는 거의 방치되다시피 했던 그 시절 거금도의 육아기에도 젊은 아버지들은 어린 자식들의 즐거움을 위해 에버랜드 못지않은 그 무엇인가를 열심히, 정성껏 실행했었다.

　젊은 아버지는 특히 치통이 심했다. 병원이나 보건소도 없던 그 섬, 약방에서 약을 사먹기엔 돈이 너무 귀했던 그 섬에서 젊은 아버지는 지독한 치통을 잊기 위해 밤새 새끼줄을 꼬셨다. 나팔처럼 입을 벌린 새끼줄 기계의 종지기 두 개에 연이어 들어가는 볏짚이 새끼줄이 되어 뒤꽁무니 틀에 12바퀴나 감기는 동안 젊은 아버지의 입은 치통으로 벌겋게 부어올랐을 것이었다.
　나도 이가 안 좋다. 벌써 8개나 뽑았다.

부지깽이가 뭔지를

　나의 손등 위에는 조그만 화상 흉터가 하나 있다. 흉터만 있지, 이 화상에 의한 아픔을 기억하지 못한다. 내가 아주 어렸을 때 생긴 흉이기 때문이다. 큰 놈이 작은 놈 키우고, 작은 놈이 그 아랫놈 키웠기에 4남 2녀, 5남 5녀의 양육이 가능했던 베이비부머의 끝자락에서 날 키운 것은 형과 누나들의 등짝이었다.

　그때는 지금처럼 가볍고 편리한 포대기는 꿈도 꿀 수 없었던 시절이었다. 등에 업힌 동생을 자신보다 크고, 두껍고, 무거운 솜이불을 포대기 삼아 새끼줄로 동여맨 채 구슬치기, 빠침(딱지)치기, 개작대기(자치기), 해우(김) 걷기 등 온갖 일을 할라치면 등에 업힌 아이의 발이 땅에 질질 끌리고, 코가 얼굴에 범벅이 됐다.

　나보다 8살 위, 아마도 초등학교 5학년 정도였을 셋째형이 막내인 나를 등에 짊어지고 정재에서 가마솥 아궁이에 나무로 불을 때는데, 고래가 막혔는지 연기는 폴폴 나서 매워 죽을 판에 눈물 콧물 훔치며 불을 때볼라고 하는데, 뒤에 업힌 놈은 울면서 난리를 쳐대고, 엄마는 '귀한 애기' 하나 제대로 못 보고 울린다고 밖에서 종주먹을 댔다. 형

은 홧김에 불붙은 부지깽이로 등에 업힌 나의 손등을 확 지져 버렸다
는 것이다.

그날 셋째형이 엄마하고 아버지한테 맞은 매는 그 뒤로 51년 세월
동안, 강원도 양구 보병 땅개 시절에도 안 맞아 봤다는 것이다. 그래서
인지 날 업어 키웠다는 셋째형과 첫째 누나가 더욱 살갑다.

• 1970년 친구 연모네 모방 부엌의 부삽과 가마솥.

석이네 누이

　석이네 큰누이는 중학교를 보내 달라며 날마다 훌쩍였다. 담임선생님까지 오셨지만 석이 아버지는 요지부동이셨다. 찬바람이 쌩쌩 불던 겨울 어느 날, 석이네 누이는 기어이 서울로 떠나갔다. 지금으로 치면 중학교 1학년 나이였다.

　봄, 여름 그리고 가을이 지나고 다시 온 겨울의 어느 초저녁, 석이 집 뒤꼍에서 별안간 누군가 흐느끼는 소리가 들렸다. 석이 누이였다. 누이는 어린 동생의 팔뚝만한, 두 가닥으로 꼬인 엿가락과 나이롱 스웨터 몇 벌을 싸들고 뒤꼍에서 울고 있었다. 석이 어머니는 누이의 언 손을 녹이며 흐느끼셨고, 아버지는 말없이 밖으로 나가셨다.

　이듬해 봄, 석이 누이는 그토록 원하던 하얀 카라의 교복을 입고 중학교를 다닐 수 있게 되었다.

똥물

　우리 집 바로 아래에 호진이네가 살았다. 초등학교 몇 학년 때, 콩가루던가 미숫가루던가를 어느 여학생이 손수건에 싸왔다. 쉬는 시간에 교실 밖에서 놀던 우리는 서로 그걸 먹으려고 덤벼들었고, 나도 한 주먹을 쥐고 입에다 털어 넣었다. 그런데 그 순간 기침이 나오면서 그 가루가 목(기도)을 막았다. 숨을 쉬려 서두를수록 목은 더 막혀 왔고, 급기야 얼굴이 하얗게 질리기 시작했다.

　'물, 물'을 겨우 외치면서 질식해 쓰러지기 직전, 나는 본능적으로 교실 옆 화장실에서 흘러나오는 조그만 하수구(또랑)의 똥물을 허겁지겁 마시고 겨우 정신을 잃지 않았다. 그때까지도 상황을 몰라 그저 나의 행동에 웃기만 하던 친구들 사이로, 몹시 놀란 호진이가 급하게 교실의 물주전자를 가지고 뛰어와 그 물을 마시고 완전히 살아날 수 있었다.

　호진이는 유독 물구나무 서서 걷기와 공중회전 등 기계체조의 달인이었다. 만약 섬이 아닌 육지, 보다 많은 기회를 얻을 수 있는 조건이었더라면 호진이는 분명 올림픽 기계체조에 나가 금메달을 따고도 남았을 텐데, 지금은 어디에서 어떻게 사는지.

주꾸미 형과 아이스께끼

어렸을 적 한여름이면 목을 빼고 기다리던 사람이 있었다. 일명 주꾸미. 왜 그이를 주꾸미라 불렀는지는 모르지만 아마도 생김새를 본떠 아이들이 그렇게 불렀지 않았나 싶다.

그 주꾸미 형, 곱사등이였던 그 형은 여름이면 파란 나무통에 아이스께끼를 가득 담아서 샛감도리와 노금노리를 돌았다. 날마다 오는 건 아니었고 일주일에 한두 번 왔다. 매미 소리 지천에 깔리던 땡볕 아래 백사장에서 문장표 검정고무신을 발랑 까서 배 만들고, 모래로 길 만들고, 깨진 병목으로 다목적 댐 쌓고 놀던 우리에게 느닷없이 터지는 '아이스께~끼이~'는 그야말로 여름 한낮의 황홀한 이벤트였다.

각자 집으로 헤쳐 모여! 빈 병, 깨진 삽, 떨어진 고무신, 일 원짜리 지폐 등등 아이스께끼에 대비해 모아 뒀던 각자의 금고가 헐레벌떡 열리는 순간이었다. 댓병은 께끼를 많이 줬고, 검정고무신보다는 흰고무신이 값나갔다.

이것저것 뒤져 봐도 께끼 바꿀 만한 것은 없는데, 친구들이 파랗고 김이 설설 나는 께끼를 아까운 듯 쪽쪽 빨아먹는 것을 쳐다볼 때면 속에서 천불이 났다. 어째 우리 집은 빈 병 하나가 없당가. 멀쩡한 고무신을 찢을 용기도 내게는 없었다.

그렇게 주꾸미 형을 졸졸 따라다니며 하염없이 께끼통만 바라보던 내가 안쓰러웠을까. 한때 우리 큰집에서 머슴 살던 인연으로 내가 동생 같아서였을까. 주꾸미 형은 나에게 께끼 하나를 주면서 말했다. "언능 먹어라잉. 담엔 없어. 따라댕기지 마러."

냉장고에 아이스크림이나 아이스 바를 볼 때면 인정 깊던 주꾸미 형이 그립기도 하지만 그보다 40년 전 거금도, 그 섬을 배회하던, 빨강노랑 나이롱 삼각 빤쓰를 자랑하고 싶어 겉옷 벗고 다니던 조무래기 한 놈이 애처로워 포근히 보듬어 주고 싶다.

무서운 사람들

산에서 함부로 땔감을 하는 것을 단속하는 동네 사람을 '산감' 이라 불렀다. 말라 떨어진 소나무 잎을 갈퀴로 긁어모으는 거야 괜찮지만 나무를 하다 보면 성한 나무에 손을 안 댈 수가 없었다. 그러다 바람처럼 나타나 '너 이노무 새끼들' 하면서 갈퀴와 나무를 뺏어 가던 산감. 그래서 나무하러 산에 갈 때면 음주운전 중에 단속 신경 쓰듯이 산감이 올까 긴장했고, 다행이 멀리서 다가오는 산감을 미리 발견하면 걸음아 날 살려라 도망치는 재미도 솔찬했다.

무서운 사람은 또 있었다. 상이군인이 나타났다며 가끔씩 엄마들이 집 안팎으로 종종걸음을 칠 때가 있었다. 그 사람들이 대개 밀주 단속을 맡았기 때문이다. 그들은 압수수색영장도 없이 온 집안을 뒤질 권리가 있었다.

지금 생각하면 참 우습지만, 순진한 섬사람들이다 보니 동네마다 암행어사처럼 불쑥 나타나 요긴하게 쓰려고 담은 막걸리 독 깨부수던 상이군인들을 위아래 없이 무서워했다.

춘동이 형

춘동이 형은 손재주가 남달랐고, 달리기도 뛰어났다. 춘동이 형이 만약 육지 대처에서 태어났더라면 필시 세계적인 조각가나 올림픽 마라톤 금메달리스트가 되었을 거라는 아쉬움이 남는다.

춘동이 형은 섬 안에 유일하게 한 대 있던, 낡아빠진 동방교통 버스에서 운전수 몰래 뜯어 온 비닐 가죽으로 학교 이름표를 폼 나게 만들어 줬을 뿐만 아니라 대나무를 깎아 다보탑, 석가탑도 만들어 주었다. 중학교 입학했을 때는 입학 선물로 어떤 어른의 검은 뿔도장을 갈아 근사하게 내 도장을 파주기도 했다. 오로지 연필깎이 칼 하나로. 나는 그 도장을 대학 졸업 후 직장에 취직할 때까지 써먹었고, 지금도 잘 간직하고 있다. 35년이 넘도록.

창기따끼

  ' 창기따끼 ' 는 동네 어떤 어른의 별명이었다. 왜 그런 별명이 붙었냐 하면 누구하고 한번 시비가 붙었다 하면 상대방이 항복할 때까지 달라붙었기 때문이었다. 누군가가 자기주장을 굽히지 않거나 끝까지 물고 늘어지면 '아따, 그 자식, 창기따끼네' 라고 했다. 아버지는 주로 밭갈이 때 창기따끼 아저씨네 소를 빌렸다.

  국민학교 입학 전 남녀 아이들이 빠끔살이(소꿉놀이)할 때도 창기따끼 아저씨 역할을 하는 친구가 있었다. 그 친구는 꼬막, 소라, 전복 등 조개껍데기를 그릇 삼아 차린 밥상을 뒤엎거나 이유 없이 시비를 걸어 싸웠다. 그러면 아내 역할을 맡은 여자 친구들이 싸움을 말리는 게 정해진 각본이었다.

파상 태길이 부부

어렸을 적에 동냥하는 늙은 부부가 있었다. 남자는 장님이었고 여자는 무척 작은 키에 다리를 절었다. 오전이면 어김없이 신작로를 지나 녹동으로 나갔다가 오후 늦게 길을 되짚어 적대봉 어딘가에 있다는 파상으로 돌아갔다.

굽은 길, 오르막길, 자갈길, 흙탕길을 일 년 365일 눈이 오나, 비가 오나, 바람이 부나 앞장선 아내가 이끄는 작대기 뒤끝을 바랑 멘 남편이 붙잡은 채 부지런히 걸었다. 지금에야 그 부부를 생각하면 마음이 너무 아프다. 부부가 신작로를 지날 때마다 철없는 조무래기들은 왜 그렇게도 졸졸 따라가며 그들을 못살게 굴었을까.

아이들이 던진 돌에 맞아 피가 흐르는 남편의 이마를 옷섶으로 감싸고, 몸으로 막아서며 울부짖던 아내. 불혹 넘은 지금에서야 한없이 죄스럽고 비통하다. 앞뒤로 나란히 서로를 감싸고, 의지하고, 챙기며 평생을 함께 걸었던 부부의 부족함 없던 사랑도 이제야 비로소 내 눈에 보인다. 거금도가 은연중에 철부지들에게 가르쳐 준 숭고한 사랑의 근원이다.

노름꾼 삼식이 (1)

시골 친구 삼식이는 지금도 노름에 죽고 노름에 사는 친구이나 노름으로 흥한 적은 없다. 삼식이의 노름에 얽힌 실화는 너무나 많다. 어느 날 포커 멤버들끼리 포커를 치는데 어느 한 판이 과열돼서 삼식이와 덕칠이가 대결을 벌이게 되었다.

덕칠이는 3, 4, 5, 6을 쥐고서 2, 7을 노리는 줄(스트레이트)을, 삼식이는 2 석장, 똘(트리플)을 쥔 채 집(풀 하우스)을 노리는 상황에서 두 사람이 히든카드까지 갔고, 둘은 운명의 한 판 승부에 들어갔다.

그러나 히든카드를 받은 결과 둘 다 노리는 패는 실패했다. 결국 삼식이는 똘(트리플), 덕칠이는 물패가 된 것이다. 그러나 먼저 패를 까게 된 삼식이는 덕칠이가 똘은 이기는 패라 지레 짐작,

(삼식이) "난 2 똘이여, 넌 뭐여?"
(덕칠이) "3, 4, 5, 6, 8."
(삼식이) "줄이네, 묵어라."

그래서 덕칠이는 조용히 돈을 취하고 패를 섞었다. 그런데 덕칠이가

다음 판을 위해 패를 돌리는 순간 삼식이의 찢어지는 비명이 울렸다.

(삼식이) "야! 니 아까 전에 뭐라고 한거시여?"
(덕칠이) "3, 4, 5, 6, 8."
(삼식이) "그라믄 줄이 아니자나, 개새끼야!"
(덕칠이) "내가 줄이라고 했간디? 니가 줄이람서 묵으라 그랬재."
(삼식이) "워메! 이 씨발놈이……."

• 조금노리 앞의 조이섬과 화섬의 그림같은 전경.

노름꾼 삼식이(2)

삼식이는 언제 어디서든 판을 벌일 수 있도록 화투 한 목과 헌 신문지 쪼가리라도 가지고 다닌다.

지난해 추석에 모인 친구들이 옹기종기 방파제에 둘러앉아 술판을 벌이고 있을 때 일이다. 삼식이가 주책없이 자신의 노름 무용담을 주저리주저리 늘어놓았다. 다들 재미있게 듣고 있는데 전교 어린이 회장 출신, 사회학과 김 교수가 한 마디 했다.

"어이, 삼식이. 우리가 낼 모레믄 나이가 오십이네. 거, 오랜만에 객지 동창들 모인 자린디 노름 이야기 좀 그만 하소. 다들 처자식 키우는, 건전한 가장들이네. 후배들도 우릴 보믄 '아, 행님이 삼식이 행님 동창이재라이' 한단 말이시."

'다들 처자식 키우는, 건전한 가장들'이란 말에 뼈가 있었다. 삼식이는 아직 장가를 못 갔기 때문이다. 빈정상한 삼식이가 이죽거렸다.

"아따, 교수님이라 좀 다르구마이. 나가 노름하면서 자네한테 돈 대달라고 한 것도 없는디 왜 그래싼가?"

하지만 친구들은 김 교수의 말에 편을 들었다.

"김 교수 말이 맞제 뭘 그라야. 노름 이야기할라믄 집에 가그라, 이 새끼야."

자기 편을 드는 친구가 없자 화가 난 삼식이.

"느그들, 앞으로 나 앞에서 노름 이야기 하믄 우리 집 개새끼 동생이여!"

삼식이는 가지고 있던 화투를 꺼내 바다에 휙 뿌리며 씩씩댔다. 험악한 분위기를 추스르고 다시 술판이 벌어졌다. 분위기가 한창 무르익을 즈음 친구 하나가 입을 열었다.

"야들아, 오늘 먹은 이 간재미 값은 누가 내는 거여? 이거 20만 원도 넘을 건디."

"간단하게 두장보기(섯다)로 내기해 불자."

둘이 그러고 있자 다른 친구가 나서서 불 같이 화를 냈다.

"이런 미친놈들! 아까 삼식이가 화투장 바다에 처박는 거 안 봤냐? 삼식이네 개새끼 동생 되고 잪냐?"

그러자 다시 찬물을 끼얹은 것처럼 싸해졌다.

"야야, 그냥 먹자 먹어. 먹다 보믄 누가 내겄재."

그때 삼식이가 갑자기 소리쳤다.

"야들아, 난테 카드 한 벌 있는디 우리 홀라 한판으로 결정해 불까?"

일제히 친구들의 목소리가 높아졌다.

"에라이, 우리 집 개새끼 동생 삼식아! 술이나 퍼마셔라."

노름꾼 삼식이 (3)

고스톱을 아는 사람이라면 막세판도 알 것이다. 친구들과 고스톱을 치던 삼식이가 핸드폰을 받는다.

"삼식이요, 머시라고라? 워메! 알았어라, 싸개 올라가께라."

전화를 끊은 삼식이가 말했다.

"아이만다, 우리 육촌 행님이 시방 돌아가실라 그란단다. 행님 집에 가봐야 쓰겄다. 막세판 하고 끝내자."

친구들이 이구동성으로 소리쳤다.

"에라, 이 호로새끼야, 너도 디져부러라."

삼식이의 노름론

노름을 좋아하는 삼식이라서 노름에 대한 그의 논리만큼은 상당히 명쾌하다. 하수는 자기 패만 보는 사람, 자기 패와 상대방 패를 보면 중수, 거기에 바닥 패까지 보면 상수, 뒤집는 패까지 보면 고수. 노름신, 진정한 타짜는 남이 뒤집을 패까지 보면서 판이 시작되었을 때 대충 누가 그 판을 먹을 것인지를 어렴풋이 느끼는 사람이란다.

스스로를 고수라고 하는 삼식이가 가장 껄끄러운 상대는 하수. 노름은 거울보고 혼자서 하는 게 아니므로 하수가 끼는 판은 통상적 예측 가능성을 일시에 깨 버리기 때문에 노름판이 럭비공처럼 튀기 때문이다. 그런데 사업도, 가정도, 직장까지 대부분 일상사가 사실은 노름판 원리를 크게 벗어나지 않는 것 같다는 게 삼식이의 주장인데 맞는 말이다.

• 초가집이 하나도 안 보이는 2011년 거금도 샛감도리 풍경.

나의 살던 거금도, 샛감도리

3

전기

거금도에 대한 나의 구체적인 기억은 우리 나이로 6살이던 1968년 언저리에서 시작된다. 그때 즈음 마을에 그 희한한 '전기'가 들어온다고 전봇대가 세워지고, 장도리와 펜치 주머니를 멋지게 돌려 찬 기술자 아저씨들이 집집마다 전기 공사를 했다. 취학 전이던 우리들은 아저씨들 주위를 맴돌며 구리선이나 하얀 애자 등 공사로 떨어져 나오는 것들을 수집, 장난감 삼아 노는 재미가 쏠쏠했다.

물론 그때 처음으로 전기를 접한 것은 아니었다. 조금노리 초입에 사설 발전소가 있어서 밤이 되면 통통통 소리를 내면서 백열등이 간당간당 빛나던 기억이 있다. 전기가 들어오면서 집집마다 처마 밑에 사각형 스피커도 매달렸다. 그 작은 상자 안에서 사람들 소리가 나는 것이 무척 신기했다. 동각(마을회관)과 집들을 선으로 연결해 여러 가수들의 노래와 이장님의 '에, 또… 동네 사람들께 알립니다. 뭐시 어짜니까 어째 불시오' 하는 방송이 자주 나왔던 것으로 기억된다. 지금으로 치면 훌륭한 케이블 방송이었던 셈이다.

전기로 인한 생활의 변화 중 압권은 누가 뭐래도 밤이면 무서워 가지도 못했던 서립문 밖, 논시밭 끝 변소 문짝에 달린 오촉등과 텔레비전이었다.

텔레비전

전기가 들어오자 테레비라는 괴물도 처음으로 들어왔는데 옆 마을 조금노리에 먼저 들어왔다. 이발소를 지나 점방(상점)에 테레비라는 엄청난 물건이 있다고, 조그만 상자 안에 사람이고 말이고 버스고 없는 게 없다며 동네 사람들이 난리였다. 밤이 되면 나보다 두세 살 위 동네 누나, 형들을 따라 조금노리로 테레비 구경을 간 기억이 나지만 무슨 화면을 봤던 기억은 없다. 누군가의 무등을 타고 창문 너머 뭔가를 보려고 안간힘을 썼던 기억만 남아 있다. 그러다 우리 샛감도리에도 드디어 테레비 두 대가 들어왔다. 넥타이 매고 면사무소와 수협에 다녔던 집들이었다. 전운의 112수사본부, 최불암의 113수사반장, 나시찬의 전우, 타잔, 서부소년 차돌이, 마루치아라치, 태권브이, 돌아온 장고, 이기동과 배삼룡의 웃으면 복이 와요, 칠전팔기 홍수환, 일본 때려눕힌 미들급 챔피언 고흥 주먹 유재두, 한 방에 KO 박종팔. 그리고 아세안 컵 축구! 축구 시즌만 되면 '찼다찼다 차범근, 김진국 센터링, 떴다떴다 김재한, 헤딩 슛 골인' 노래를 입에 달고 살았다. 그러나 대보름 매구굿 축제보다 더 들끓었던, 아세안 축구는 게임도 안 되는 테레비의 압권이 있었으니 말로는 정말이지 말도 안 나오는 '박치기 왕 김일' 선수의 프로레슬링 경기였다.

단싯대와 짐질

지금에 비하자면 아그들 먹을거리가 턱없이 빈한했던 70년대 거금도. 동네 점방의 과자라고는 10원에 10개 주던 유과, 비과 그리고 오다마 눈깔사탕, 건빵, 설이나 추석이면 빨아먹던 동물 모양의 황색 사탕, 뽀빠이, 라면땅, 아이스께끼, 빨간 핀엿, 센베이과자. 그렇지만 이런 것들은 가뭄에 콩 나듯 입에 넣을 수 있었던 그 시절.

그래도 우리들의 입이 곤궁하지 않았던 것은 들과 산과 바다에 널려 있던 천연의 먹을거리들이 있어서였다. 참꽃(진달래)이 질 무렵 피는 개꽃(철쭉)을 참꽃으로 잘못 알고 따먹다 배앓이 한 것만 빼고는.

그중에 단싯대라 부르던 사탕수수 비슷한 식물과 짐질(잘피)이 압권이었다. 한기가 도는 가을 아침, 단싯대 여러 그루가 푸르게 담장 위까지 자라 오르면 아버지께서 하나를 낫으로 탁 잘라내서 30센티 크기로 톡톡 잘라 주셨다. 그 단싯대 서너 개를 손에 들면 그날은 하루 종일 행복한 단물에 빠지는 날이었다.

어른들이 거름으로 쓰려고 배 타고 나가 바다에서 캐오는 짐질. 굽어 자란 대나무처럼 생긴, 빨간 뿌리를 톡 잘라서 씹으면 입 안 가득 번지는 단물이 어디에도 비할 데가 없었다. 줄기의 껍질을 한 겹 벗기면 나오는 그 부드럽던 속살의 맛도 일품이었다. 그래서 어른들이 날 잡아 바다에서 짐질을 캐오는 날은 조무래기들의 축제였다.

갱번(바닷가 모래사장)이나 집 앞에 쌓여 있는 짐질이 특별히 누구 집 짐질이라고 해서 그 집 아이들만 독점하는 것이 아니라 동네 아이들 모두의 공동 소유였다. 산더미처럼 쌓인 짐질 더미에서 빨갛고, 길고, 굵은 왕건이 짐질 뿌리를 찾아 눈을 반짝이며 분주하게 움직이던 고사리 손이 지금도 눈앞에 선하다.

2010년 KBS 텔레비전 방송에 거금도 신촌리 최 아무개 어르신께서 나오셨다. 고향 어르신이라 더욱 반가웠다. 잘피라고, 우리가 짐질이라고 불렀던 그 잘피가 바다에 안자라서 고기가 안 잡힌다고 말씀하셨다. 40년 전 문저리(짱뚱어)가 그렇게 줄지어 잡힌 것도, 범섭이가 한나절에만 백 마리를 잡아 올린 것도 다 천혜의 바다, 짐질 덕분이었나 보다.

• 옥수수처럼 생긴 단싯대다.

감똥

　이른 아침 큰집 감나무 밑에 가면 천지빼깔로 하얀 감똥이 여기저기 수북이 떨어져 있었다. 하얗고 싱싱한 감똥을 부랴부랴 모아 맛있게 먹고, 남는 것은 실에 꿰어 목걸이를 만들었다.

　우리 큰집에는 단감나무와 또가리감나무가 같이 있었는데, 중간에 떨어지는 감은 먼저 발견한 사람이 임자였다. 때문에 아침마다 눈뜨자마자 큰집으로 달려가 감나무 밑을 확인하는 일은 거를 수 없는 일과였다. 단감 하나 줍는 날은 아침부터 횡재수가 터진 거였고, 또가리감이라도 소금물에 하루 이틀 담가 두면 떫은맛이 빠지므로 감지덕지였다. 그러므로 감을 줍기 위한 아이들의 아침 경쟁은 실로 대단했다. 과외 아니더라도 일찍부터 생존의 기술을 그렇게 훈련 받으며 살았다.

　큰집에는 돌배나무도 있어서, 아무도 몰래 수시로 배를 따먹곤 했는데 설익은 돌배 다 따 먹는다고 할아버지나 누나들한테 혼도 많이 났다. 내가 배나무 언저리를 슬슬 돌거나 배나무에 매달리는 것이 보이면 할아버지께서 "아, 이노무 자슥아, 익으면 다 니껀디 지금 다 따묵어 불른 어짜끄시다냐~" 하고 방문을 열고 소리를 치셨지만 더 이상 뭐라 하지는 않으셨다. 가끔씩은 먼저 장대를 들고 오셔서 그나마 가장 먹음직스런 것을 골라 한 개 따 주셨던 기억도 있다.

나중에 아버지를 졸라서 감나무 묘목 한 그루를 논시밭의 토란과 미나리꽝 부근 귀퉁이에 심었다. 그러나 언제 감이 열리나 몇 년을 쳐다보다가 감 열리는 것을 끝내 못 본 채 그 섬을 떠나 녹동으로 이사를 나오고 말았다.

• 노란 감처럼 샛노란 감꽃.

싸이나 콩

어렸을 때 겨울 언저리면 가장 흔한 고깃국이 꿩고기 국이었다. 다 둘째형 덕분이었다. 형이 노란 콩에다 작은 구멍을 뚫어 싸이나(독극물)를 넣고 양초로 막아 산 주위에 뿌려 꿩 사냥을 했기 때문이다. 겨울이면 새벽 일찍 동네 형들이 싸이나를 먹고 죽은 꿩을 줍기 위해 산으로 출동하곤 했다. 닭이 귀해 서리를 함부로 할 수 없던 시절, 싸이나 콩 꿩 사냥은 최고의 영양분 공급원이었다.

가리이발

　이발소, 그때는 샛감도리에 이발소가 없어 옆 마을 조금노리로 다녔다. 이쁘장한 상고머리 형 '가리이발'은 40원이었던 기억이 나는데 빡빡이 까까머리는 10원이었는지 20원이었는지 기억에 없다. 설이나 추석 아니면 가리이발은 꿈도 못 꾸었다.

　그마저 이발소 가는 대신에, 바리깡을 한 개 사오신 샛감도리 우촌 동식이네 할아버지 집 뒤꼍에서 머리 뜯기듯 빡빡 미는 데 5원이었다. 지금도 그 자리에 그대로 그 이발소가 있다. 간판이 행정 서류상 동네 이름인 〈금진이발관〉일 뿐.

　• 지금도 해변가 소나무 옆, 그 자리에 그대로 있는 조금노리 금진의 이발관

마취 없는 대수술

6살 모내기 철, 초등학교 2학년 누나가 학교에서 빵을 타오기로 돼 있는 어느 날이었다. 이런 날은 1초라도 일찍 빵을 얻어먹기 위해 동구 밖 멀리 감도리까지 나가서 누나를 기다린다. 혼자가 아니다. 비슷한 처지의 동네 아이들과 함께다.

누나가, 빵이 오는 동안은 왜 그렇게 시간도 더디 가던지……. 이야기 잘하는 철민이의 '구월산 호랑이'도 한 번만 더 들으면 백 번, 마침 논 옆에 세워진 구루마(리어카)를 타고 놀기 시작했다.

처음에는 철민이가 운전을 했는데 나중에는 한 살 어린 춘동이가 운전한다고 우겨, 운전대를 잡았다. 구루마에 올라탄 건 나였다. 이순신 장군이라도 된 양 구루마를 타고 폼 잡는 순간 아뿔싸, 6살 운전수의 손을 떠난 구루마가 벼랑을 구르고 말았다. 이마에서 선혈이 낭자했다. 겁나게 울었던 기억, 중학교 다니던 셋째형이 학교 파하고 오다 마침 그걸 보고는 교복 입은 채 날 둘러업고 조금노리 황 씨 아저씨 집으로 뒤지게 뛰었다.

군대 위생병 출신으로, 병원 없던 섬에 의사 역할을 하던 황 씨 아저씨 집 토방마루에서 장정 대여섯이 나의 사지를 꽉 붙들고 마취도 없이 맨살을 열두 바늘이나 꿰맸다. 죽을 것 같은 비명과 욕, 참으라고 소리 지르면서 같이 우는 형, 그날 이후 난 3개의 눈썹과 이마의 흉터를 소싯적 고향이 준 훈장처럼 달고 살아왔다. 봉합이 끝나자 어른들은 '아따, 이 째깐한 놈이 언제 욕을 이렇게나 배웠쓰까이' 해댔다.

• 적대봉에서 내려다 본 금당도 풍경.

한여름 물주전자

예닐곱 살 여름, 토방에 누워 뒹굴거나 친구들하고 개작대기라도 할 적에 팽전에서 넘어오는 어른이 나를 불러 "느그 엄마가 주전자에 물 좀 떠오라드라" 전하면 샘뚱에서 주전자에 물을 담아 팽전 몰랑을 넘어갔다.

그때 팽전 가는 산길은 어린 나에게는 무지하게 험했다. 저수지 바로 위가 첫 관문이었다. 돌덩이들이 삐죽빼죽 솟아 있는 좁은 비탈길이었기에 예닐곱 살 어린 애가 물주전자를 들고 무사히 통과하기가 쉽지 않았다. 주전자의 물은 그 지점에서 2할쯤 줄어들었다.

그 관문을 넘으면 2차 관문이 기다리는데, 산 밑 오르막이 갑자기 밑으로 타고 내렸다 다시 오르는 험난한 V자 바위계곡이었다. 여기서 3할쯤의 물이 날아갔다. 그리고 마지막 관문은 그 V자 급경사를 통과하자마자 바로 이어지는 길고 긴 비탈길이었다. 이 길 끝, 팽전 몰랑까지는 중간에 서너 번은 쉬어야 했다.

콩밭 매던 엄마가 "아이고, 내 새끼가 한몫하네이" 하시면서 수건 쓴 머리를 들어 주전자 꼭지에 입을 대고 맛있게 물을 마시면 어린 나도 기분이 좋았다. 아! 주전자를 들고 걸을 적에 주전자 표면에 맺힌 이슬방울들이 종아리를 스치는 그 찌릿찌릿했던 차가움이란.

• 팽전 몰랑 가는 길의 저수지. 바다 멀리 소록도와 녹동이 보인다. 다리를 놓기 전
풍경이다. 멀리 다리가 지나가는 장대섬이 보인다. 어디서 이렇게 아름다운 풍경을 보
았는가.

방파제

초등학교에 들어가던 1970년 이전부터 시작해 아주 오랫동안 동네 청장년 어른들이 날이면 날마다 "밴또(도시락) 싸서 부역(공동작업) 나오시오~~" 하는 동각의 스피커 방송과 함께 한 집에서 한 사람씩 무조건 나가서 방파제 쌓는 일이 계속됐다. 그때 샛감도리에 있는 장비라고는 삽, 괭이, 똔마이 배 그리고 사람의 손이 전부였다. 방파제를 쌓는 동안 우리 같은 조무래기들은 난포(다이너마이트 발파)가 너무너무 신기했다.

주로 차돌배기 산벼랑에서 난포를 튀었는데, 바위에 한참 구멍을 뚫은 후 아이들을 멀리 떨어지게 한 뒤 "난포야!" 하면서 스위치를 누르면 천둥처럼 꽝 하면서 돌들이 굴러 내렸다. 어른들은 그 돌들을 손으로 날라 바다를 메우기 시작했다. 그리고 차돌배기뿐만 아니라 배를 타고 멀리 똘똘이 쪽으로, 돌을 실으러 노 젖는 똔마이 배들이 줄을 지었다. 해전에 나서는 군함처럼 일렬로 서서 멀리 사라지는 배들을 한없이 쳐다보곤 했다.

아마 그때 부역 나간 사람들에게 정부에서 돈을 조금씩 주었던 모

양이다. 18살 정도였던 둘째형이 주로 우리 집 대표로 부역을 나갔는
데 어느 날 부역 나간 돈을 모아 똘똘이에서 새끼 똥개를 한 마리 사왔
다. 가족회의 끝에 이름을 '에스'라고 붙였다. 이제 그 형님이 환갑을
넘기셨다.

　지금 신금 방파제는 바로 이분들, 5080세대가 맨손으로 돌을 하나씩
바다에 던져 만들었던 것이다. 그러니 그 길고 높은 방파제를 만드는
데 얼마나 많은 시간과 땀을 바쳤겠는가. 그 당시 퇴비 증산 풀베기, 마
을 길 넓히기, 쥐가 빠진 샘동 물 퍼내고 청소하기, 방파제 구축 등을
진두지휘했던 검은 선그라스의 이장님은 몇 년 후 안타깝게 요절했지
만, 30대 젊은이로 보기 드문 카리스마와 리더십을 발휘, 동네 아이들
의 우상이었다.

• 카리스마 넘치는 맨 왼쪽 이장과 젊은 아부지들이 모처럼 대도시에 가셨던 모양
이다. 이들이 맨손으로 쌓은 거금도 샛감도리 방파제와 샛감도리 앞 꼬이섬의 비경.

똥개 에스

방파제 공사에 부역 나가 받은 간조 돈으로 둘째 형이 똘똘이에서 사온 개 에스. 나의 친구이자 장난감이었다. 서랍 밖에 있다가도 내가 찌그러진 밥그릇을 땅에 두드리면 행여 밥 주나 싶어 개 발에 땀나게 달려왔고, 나는 심심하면 그렇게 에스를 놀려댔다. 아주 나중에 상급 학교에서 '파블로프의 개'를 배울 때 그렇게 달려오던 에스가 자주 생각났다.

에스하고 우리 식구가 결정적으로 정이 든 것은 어느 추운 겨울, 화섬 앞 중강발로 해우(김) 뜨러 가는데 에스가 방파제 끝에서 저 멀리 우리 배를 보고 그냥 물속에 뛰어들어 배까지 헤엄쳐 왔던 일이 있은 후였다. 그 사건 이후 에스는 완벽한 식구로 대접을 받았다.

그런데 그토록 희한하다는 테레비가 옆 동네 조금노리에 들어왔고, 그 테레비를 구경하러 누나랑 갔다가 돌아온 어느 가을 늦은 저녁, 동네 어른들이 우리 집 마당에 모여 웅성거렸고 엄마가 울고 있었다. 에스가 옆집 밭에 뿌려 둔 쥐약을 먹고 개죽음을 맞았던 것이다. 누나도, 나도 엉엉 울었다. 그때 이후 개는 집에서 절대로 안 키운다. 사람끼리 정들어 헤어지고 못 보는 것도 힘든 일인데 하물며 키우던 개한테까지 그래야하나 싶어서다.

발장

　겨울날 오후 서너 시, 건장에서 마른 해우(김)를 걷어와 토방마루에서 발장을 벗기기 시작하면 토방 밑 마당에 쪼그리고 앉아 발장을 가지런히 추리는 일이 국민학교 저학년인 나에게 부여된 아주 중요한 임무였다. 아부지, 엄마, 둘째형은 뛴마이 배 노를 저어 내일 아침에 뜰 해우를 채취하러 바다로 나가셨고, 건장에서 해우를 걷어 차곡차곡 벗겨 쌓는 일은 집에 남은 셋째형과 누나들 몫이었다.

　날이라도 궂을라치면 아침부터 비상 대기다. 이른 아침, 건장과 하시꼬에 해우 널어 놓고 오후에 마르기까지 중간에 눈비라도 오면 한 장 한 장 널었던 해우를 온 식구가 나서서 급하게 거둬들였다. 그러다 눈비 그치면 다시 널기가 반복되는 정신없이 고단한 하루가 되는 것이다.

　해우를 거둬 와서 어느 정도 쌓이면 행님은 계속 해우를 걷고 누나들은 해우를 발장에서 벗기기 시작했다. 무르팍을 꿇고 앉아 조무래기 손으로 발장이 한 장 떨어질 때마다 또박또박 추리며 따라가는 것은 불과 2-3분, 발장 추리는 속도보다 발장 떨어지는 속도가 빨라 어느새 산더미처럼 쌓여 간다. 그러면 나는 실실 도망갈 준비를 한다. 그 많은 발장을 추릴 엄두가 안 나서 기회만 엿보다 논시밭에 오줌 싸러 가는

• 아침에 건장에 해우 널고 오후에 해우 걷는 내 친구 연모네 식구들. 눈이라도 오락가락 하는 날은 발장을 뒤집어 널기도 했다. 기계에 김을 넣고 분쇄하는 것이 김을 뜨기 위한 새벽 공정, 잠 때문에 누구든 하기 싫어했던 고역으로, 주로 장남이나 아버지 몫이었다.

척 냅다 도망친다. 어쩔 때는 누나들이 라디오에 한눈파는 사이 그냥 100미터 달리기를 해버린다. 가끔은 이미 알고 있었다는 듯이 손위 누이한테 서럽 밖도 못 나가 잡힐 때도 있었지만 끝내는 멀찌감치 도망 갈 수 있었다.

재석이, 성복이, 인철이, 뱅환이, 재옥이와 구슬치기, 빠침치기, 딱지치기, 신도까끔서 잔디썰매타기에 넋이 나갈 즈음 누이들이 온 동네에다 대고 소리를 쳐댔다.

"보기야, 너 이 발장 안 추리믄 뒤질 줄 알어라!"

그래도 나는 무시해 버렸다. 나는 철없는 우리집 막둥이니까…….
그래서 결국은 해질녘에 누나, 형과 바다에서 해우 뜯어 돌아오신 엄마가 발장을 추리셨다. 그제야 슬며시 집에 들어가도 아무도 나한테 뭐라고 말하지 않았다. 바로 손위 누이만 항상 나를 시기해서 뭐라고 해 보지만 엄마나 아부지는 발짱 안 추리고 도망가서 놀았다고 뭐라 하지 않으셨다.

국민교육헌장

　'우리는 민족중흥의 역사적 사명을 띠고 이 땅에 태어났다. 조상의
빛난 얼을 오늘에 되살려 안으로 자주독립과 밖으로 인류공영에 이바
지할 때다.' 여섯 살 그 즈음 동네 어른들로부터 과자를 자주 얻어먹을
일이 생겼다. 국민교육헌장 덕분이다.

　유치원이나 과외의 개념조차 없던 섬에서 어찌된 영문인지 취학 전
에 한글을 알았고, 교과서 앞장에 실린 국민교육헌장도 몽땅 외웠다.
아마도 학교에 먼저 간 손윗누나, 형님 때문이었겠지만 어쨌거나 동네
에선 기막힌 천재가 한 명 난 것이다.

　그래서 점방에 모이신 어른들께서 심심하면 나를 불러내 국민교육
헌장 좀 외워 보라며 과자를 주셨다. 뿐만 아니라 초등학교 국어 교과
서를 줄줄이 놓고 읽어 보라고도 시키셨다. "워메, 학교도 안 간 째깐
한 놈이 6학년짜리 책도 읽어부네이~"라며 감탄을 하셨다. 사실 다 같
은 한글, 6학년 교과서라고 해서 다를 것인가만 그땐 그랬다.

다우다 책보

거금도 금산초등학교에 1학년으로 입학했을 때 교과서에나 있는 영희, 철수가 메는 네모난 어깨 가방, 장흥 고모님 댁에 누가 쓰던 것을 얻어 쓰게 되었다. 그걸 어깨에 멜 때 자꾸 메는 법이 헷갈려서 거꾸로 메는 바람에 교실이나 복도 바닥에 수시로 가방 속 잡동사니들이 쏟아졌다. 책, 공책, 형광등 스위치, 구슬, 딱지 등등 온갖 것들이 바닥에 뒹구는 통에 멜 때마다 거꾸로 멜까 걱정이 이만 저만이 아니었다. 그래서 엄마를 졸라 다우다(나일론) 책보로 바꿔 버렸다.

우리들 대부분은 가방은 꿈도 못 꾸고 다우다 책보에 네모반듯하게 책과 공책, 도시락을 싸서 어깨에 사선으로 둘러메고 다녔던 시절이다. 학교 끝나고 집에 갈 때는 양은 도시락 안의 반찬 종지기가 땡그랑 땡, 땡그랑 땡 박자까지 맞춰 주는 게 일품이었다.

다우다로 바꾼 지 얼마 안 돼 사고가 터졌다. 똘똘 말은 책보 끝을 옷핀으로 잘 집어 줘야 하는데 거기서 실수가 발생했다. 아직도 논바닥에 늦겨울 찬 물이 차 있던 3월, 찬바람 쌩쌩 불던 날, 친구 재석이랑 집으로 가는데 다우다 책보가 풀어지면서 책과 공책이 바람에 날려 물 찬 논으로 빠져 버렸다. 징징 짜면서 친구 재석이와 논에 들어가 책하고 공책을 꺼내 왔다.

6살 어린 나이에 아버지 따라 석교 지나 똘똘이 공동묘지 넘을 즈음 술이 얼큰한 아버지께서 뭐가 맘에 안 드셨던지 구두를 논에다 던졌는데, 그거 꺼내려 맨발로 논에 들어갔을 때 만큼 발이 몹시 시렸다. 그래서 재석이는 죽마고우다.

대단한 시도

초등학교 1학년 때 나는 제대로 도둑질 계획을 세우고, 실행했다. 지금까지 사는 동안 가장 대담하고 계획적인 절도였다.

동네 점방, 유리창 모서리가 깨진 채 방치되고 있었다. 점방 안에는 뽀빠이, 건빵, 삼양라면, 삶은 달걀, 오다마사탕, 센베이 등 먹을 것이 가득했다. 저걸 훔쳐 먹을 방법이 없을까 궁리하다 기가 막힌 방법을 생각해 냈다.

나는 집 뒤 시누대나무 중 튼튼한 하나를 베어냈다. 그리고 대나무 끝에 대못 하나를 실로 단단히 묶었다. 이제 밤에 점방 주인이 잠들었을 때를 기다려 깨진 유리창 사이로 뭐든지 집어내기만 하면 되었다.

이윽고 깊은 밤, 나는 대나무를 들고 점방 앞으로 갔다. 딸그락, 딸그락……. 물건을 집어내려 노력했지만 어두운 데다, 힘없는 시누대, 좁은 유리창 틈은 7살짜리가 뭔가를 훔쳐 내기에는 역부족이었다. 어느 순간, 점방 안쪽 방안에 불이 확 켜졌고, 나는 대나무 꼬챙이를 놓아둔 채 집으로 내달렸다. 다행히 현장과 퇴로에서 나를 목격한 사람은 아무도 없었다.

점방집 주인은 철이네 할아버지였다. 다음날 오후 점방에 다녀오신 아버지께서 새벽에 있었던 도둑 이야기를 어머니에게 하시면서 " 하여튼 어떤 놈인지 머리 하나는 기가 막힌 놈이시"라 하셨다. 7살이 계획했다고는 믿기지 않은 일이라 용의선상을 벗어난 나는 속으로 안도의 한숨을 내쉬면서 태연히 책 읽는 시늉만 짓고 있었다. 이제야 밝히는 나만의 비밀이다.

• 그때도 젊은 새댁들은 아이들 소풍에 따라왔다. 누군지 모르겠지만 1970년 초반 학교소풍이 분명하다.(거금도 닷컴에서 가져옴.)

빵차

거금도 금산초등학교에는 한 달에 한 번 빵 차가 왔다. 속에 앙꼬도 없고 특별히 달지도 않은 밋밋한 밀가루 빵이었지만, 보름달 같은 모양새에 겉은 발그레하고 누른 껍질이며 속살은 부드럽고 하얀 그 빵은 그 당시 거금도 아이들에게는 꿈에나 그려 보는 맛이었다. 아마 아이들이 꼬박꼬박 학교를 다니는 이유의 구할 구 푼은 그 빵 때문이 아니었나 싶다.

빵 차가 온 날이면 상급생들이 대나무 상자에 반별로 배급할 빵을 담아 교실로 배달했다. 한 사람 당 대여섯 개 정도씩 나눠 주었던 것 같다.

빵 차가 온 2학년 어느 날, 다른 반 아이들은 모두 빵을 타서 보자기에 싸가지고 신나게 집으로 가는데 우리 반 호랑이 담임선생님은 도대체 빵 나눠 줄 생각을 안했다. 그 선생님은 며칠이고 빵을 교실 앞에 둔 채 수업 시간에 빵을 쪼개서 부드러운 속살은 자신이 먹고, 겉껍질은 앞에 앉은 몇몇 아이들에게 줬다. 키 작은 나도 자주 받아먹는 편이었다. 그때는 선생님이 하늘이라 아무 말도 못했고, 훔치지도 않았고, 날마다 언제 빵을 나눠 주나 눈망울만 굴릴 뿐이었다. 그 즈음이면 결석

하는 아이는 하나도 없었다.

그러다 받아쓰기 시험이 있는 날, 누런 16절 갱지를 반으로 쪼개서 칸 열 개가 그려진 받아쓰기 답안지가 걷어지고 채점이 끝나면 그때야 빵을 나눠 줬다. 백 점 10개, 90점 9개, 80점 8개……. 그러다 보면 어느 점수대에 가서 빵이 떨어지고 말았다. 교실 청소가 끝나고 집에 가는 길, 골몰에 사는 여자 짝꿍이 빵을 못 타서 울었고, 나는 짝꿍에게 내가 받은 빵 중 몇 개를 나눠 줬다. 참으로 비인간적이었다.

2학년은 오전 수업을 마치면 집으로 보내야 하는데, 선생님 개인 스케줄이 안 맞는 날이면 뜬금없이 집에 가서 밥 먹고, 공작 수업 준비해 오라고 했다. 먼 동네 아이들은 십리 길이었다. 그때는 선생님 말씀이 하느님 말씀이었다. 느닷없이 헐떡이며 학교에서 뛰어와 풀과 가위 살 돈 15원을 달라며 밭에서 일하시던 부모님을 조르다, 막아서는 진달래 여사 너머 아버지에게 대나무로 대차게 얻어맞았던, 서러웠던 날이 그날이다.

항구 녹동으로 전학했던 중학교 때, 가끔 길거리에서 그 선생님을 맞닥뜨렸지만 인사는커녕 눈도 마주치지 않았다. 물론 그런 나를 그도 알고 있었다.

소풍

거금도 금산초등학교 3학년 봄 소풍이었다. 소풍날이 좋은 건 하얀 쌀밥 도시락에 군것질 때문이었다. 제발 비 오지 말라고 그렇게도 기도를 했건만 소풍 가는 날 아침에 깨어 보니 추적추적 비가 내리고 있었다. 그때는 손잡이를 돌려 우체국 교환을 부르는 수동식 전화가 동각(마을회관)에 딱 한 대 있었다. 그래서 학교에서 소풍을 가는지 안 가는지 이장이 학교에 전화를 해서 물어보고 중계방송을 했다.

"에~ 동각에서 알래드립니다. 학교에 전화를 했는디 소풍을 간다고 허니 부모님께서는 학생들 벤또(도시락) 싸서 소풍 보내시기 바랍니다아."

그래서 하얀 쌀밥이 가득 찬 도시락이랑 용돈 챙겨서 달려 나가려고 하는데 이번에는 또 스피커에서 그냥 소풍 안 가고 공부하기로 했으니 가방 싸오라고 한다는 이장의 방송이 나왔다. 그날 아침은 정말이지 우왕좌왕이었다. 소풍 도시락 들고 뛰는 놈, 책보 메고 뛰는 놈, 소풍 도시락 들고 뛰다가 되돌아오는 놈, 책보 메고 뛰었다 되돌아오는 놈, 소풍 도시락 들고 뛰다 책보 뛰는 거 보고 되돌아서는 놈, 놈, 놈……

"오메! 환장하겄네. 어떤 썩을 노무새끼가 하늘 깡쇠를 죽여 해필 소풍날 비 오고 지랄이여."

결국 그날 나는 학교를 안 가고 집에서 쌀밥이나 맛있게 먹고 말았다. 그날 학교에서는 끝내 소풍을 가기는 했는데 어디로 갔느냐 하면…… 교실로 갔다. 교실에서 수건돌리기, 보물찾기, 노래자랑 등을 하고 도시락도 까먹었다.

• 5학년 봄소풍 해변가. 대부분이 까까머리고 사정이 괜찮은 집 아이들 몇이 가리 이발이다. 정 중앙에 폼재는 친구가 영관급 장교를 거쳐 지금은 예비군 중대장이다.

비틀각시 묘

거금도 금산초등학교에서 샛감도리 통학 십리 길은 항구도시 녹동으로 나가는 조금노리까지의 신작로여서 크게 불편하지는 않았다. 여름이면 중간의 저수지에서 멱감기(물놀이), 벌집 건드려 놓고 나뭇가지 흔들며 도망치기, 큰 나무 그늘에서 개작대기(자치기), 목자놀이(비석치기), 구슬치기, 하교 길에 먹으려고 등교 길에 남몰래 돈창 들녘 바위 밑에 숨겨 놓은 고구마 꺼내 먹기 등 해찰부릴 일은 얼마든지 있었다.

그러나 돌고개 밑의 비틀각시 묘만 그렇지 않았다. 억울하게 맞아 죽은 비틀각시가 혼자 가는 사람이 있으면 하얀 옷을 입고 울부짖으며 쫓아온다는 말 때문에 우리는 비틀각시 묘를 지날 때면 대낮에도 항상 오금이 저렸다.

3학년 때, 어둠이 슬며시 몰려오던 어느 날 해거름 녘, 재석이와 나는 비틀각시 묘를 지나게 되었다. 둘은 무서움을 달래려고 어깨동무를 하고 '사나이로 태어나서 할 일도 많다만…' 노래를 크게 부르며 걸어갔지만 발걸음은 빨라졌고, 급기야 누구랄 것 없이 어깨동무를 풀고 뛰기 시작했다. 뒤처지면 비틀각시에게 붙잡힐 것 같아 앞서거니 뒤서거니 죽어라 뛰다가 재석이가 내 발에 걸려 넘어졌는데 아뿔싸, 재석

이의 팔이 부러져 버렸다. 그래서 한참 동안 재석이는 붉은 치자(?) 잎
을 갈아 섞은 밀가루(?) 반죽을 팔에 바르고 나무판자로 앞뒤를 묶는,
재래식 깁스를 하고 학교를 다녀야 했다.

왕따와 쏭쟁이

거금도 금산초등학교 3학년 때도 그런 게 없었던 건 아니라서 이른 아침, 담임선생님께서 미처 출근하시기 전에 학교에 도착하면 교실 문이 닫혀 있었다. 선생님이 오실 때까지 제비새끼들처럼 교실 앞 벽에 조롱조롱 붙어 앉아 있으면 아리따운 처녀 선생님이 건너편 교무실 복도 창으로 얼굴을 내밀고 교실 쇠때(열쇠)를 가져가라고 소리를 지른다. 하지만 아무도 그 쇠때를 받으러 가지 못했다. 왜냐하면 그 쇠때를 받아오는 순간 그 녀석은 선생님의 편애를 받는 '쏭쟁이'가 되면서 하루 종일 왕따와 놀림을 받았기 때문이다.

그런 사정도 모르는 담임은 아무도 안 나서면 눈에 띄는 누구든 불러서 쇠때를 주는데, 그날 하필이면 내가 눈에 띄었나 보다.

"야! 최보기, 열쇠 가져가." 어쩔 수 없이 쇠때를 받아오긴 했는데 벌써 아이들의 얼굴에 고약한 웃음이 번졌다. 금방이라도 '쏭쟁이~~쏭쟁이~~'를 연호할 만반의 태세였다.

"해필이믄 날 불러서……. 씨팔!"

난 그날 교실로 안 들어가고 집으로 가버렸다. 다음날 선생님께 너 어제 왜 집에 가버렸냐고 물으시기에 "아그들이 쇠때 받아오믄 쏭쟁이라고 놀링께요" 했는데 선생님께서도 더 이상 다른 말씀을 안 하셨다.

대접

    초등학교 5학년이던 1974년 겨울 언저리, 첨으로 동네 점방에서 열린 대접에 참석했다. 이른바 졸업생 환송회였다. 곧 졸업하는 6학년 선배들을 위해 5학년들이 준비하는 행사로 해마다 해오던 것이었다. 그때는 초등학생들이 현금 추렴해서 행사를 한다는 것은 상상할 수도 없던 일이다. 당연히 해우(김), 마늘, 쌀보리 같은 것을 일정량씩 걷어서 동네 점방집의 큰방에 모여서 과자, 사이다 정도를 물물교환으로 마련해서 나눠 먹는 게 다였다.

    특별히 사회자가 있는 것도 아니고 회장 인사부터 시작하는 공식 프로그램도 없었다. 하지만 첨 겪어 보는 공식적인 행사인 데다 남학생, 여학생이 한꺼번에 모여 있는 분위기가 부끄러워서인지 서로 어색하게 앉아 과자나 먹는 것이 전부였다. 6학년들이 그런 분위기를 깨보자 싶었던지 나에게 노래를 시켰다.

    그때 최고로 유행하던 노래는 나훈아가 불렀던 '오! 그대여 변치마오'였다. 난 그 노래를 그대로 부르면 재미가 없을 것 같아 즉석에서 그 당시 최고의 인기 과자, 뽀빠이를 응용해 개사를 해서 불렀다.

    "오~ 뽀빠이여 변치 마오! 오~ 뽀빠이여 변치 마오! 불타는 이 마음을 알아주세요. 말 못하는 이 마음을 알아주세요. 그 누가 이 세상을 다

준다 해도 뽀빠이가 없으면 나는 나는 못 살아. 수많은 세월이 흐른다 해도 당신만을 당신만을 기다리며 살아갈 테야~"

샛감도리 점방에서 뽀빠이 변치 말라 노래하는 열두 살 그 소년, 지금도 손 뻗으면 잡힐 듯한데……. 그 자리에서 박장대소하며 함께 웃던 그 사람들, 지금 어디에서 잘 먹고 잘살고 있는지들.

• 거금도 금산초등학교 졸업사진, 자원 절약하라는 대통령 때문에 앨범 없이 사진 한 장으로 남았다. 맨 앞 줄, 맨 왼쪽, 선생님 앉은키와 같은 조무래기가 필자. 상을 타는데 입고 나갈 마땅한 옷이 없어 테레비 집 4학년 짜리 동생의 새로 산 잠바를 빌려 입고 갔다. 그 잠바를 돌려주기가 싫어 얼마나 가슴이 아렸던지.

928원

초등학교 때 느닷없이 유복했던 때가 있었다. 아마도 5, 6학년 때가 아니었나 싶은데, 그때 셋째형이 수협에 취직을 하였다. 그때는 풀이나 색종이 등 공작시간 준비물을 사기 위해, 공책이나 왕자표 크레용을 사기 위해 10원, 20원, 30원을 타려면 부모님을 조르고 졸라야 했다. 그러고도 그걸 못 타면 징징 짜면서 학교를 가야 했다.

그러나 형이 수협 직원이 되면서 사정이 완전히 달라졌다. 학교 때문에 진짜로 돈이 필요할 경우에도, 학교 핑계로 가짜로 돈을 삥땅 칠경우에도 공식, 비공식 이중 플레이가 가능했다. 집에서 돈을 줘도 수협에 가고, 집에서 돈을 안 줘도 수협에 가고……. 그런 이중 플레이는 바로 위 누나도 마찬가지였다. 그래서 누나와 형한테 가는 순번을 정하기도 했다. 동시에 둘 다 가면 좀 그러니까.

어쨌든 그 때문에 아침에 학교로 출발하는 시간이 유난히 빠른 날이 많았다. 남들은 공부하러 일찍 학교 가는 줄 알았겠지만 실은 조금노리 수협 들렀다가 십리 밖 학교까지 걸어가려면 40분은 먼저 나서야 했기 때문에 그런 거였다. 그래도 형은 돈 없어 못 준다는 소리를 한 적은 없고, 가끔씩 "요새 학교는 먼 돈을 그렇게 자주 가져오라고 그란다냐? 엄니가 안 주디?" 하고 묻는 게 전부였다.

그런데 형이 어느 날 홀쩍 강원도 양구로 군대를 가버리면서 나의 유복한 생활도 끝났다. 군대에서 고생할 형 생각보다 유복함이 끝났다는 허탈함에 혹시나 1원짜리 하나라도 떨어졌나 싶어서 형님이 쓰던 책상을 뒤지던 나는 경악을 금치 못했다. 정확히 928원의 거액이 남아 있는 형 명의의 우체국 통장과 목도장이 있었기 때문이다. 나는 아무도 몰래 통장과 도장을 챙겨서 우체국으로 갔다.

" 행님이 군대 간시롬 나보고 찾어 쓰라고 그랬어라."

우체국 여직원은 " 진짜 그랬단 말이여?" 하면서 고개를 갸웃대다가 제가 형의 동생인지 신분을 확인하더니 " 다 찾을래, 쩨끔씩 찾어 갈래?" 했다. 10원, 20원, 50원……. 거의 한 학기 동안 아무도 모르게, 바로 위 누나도 모르게 야금야금 그 돈을 썼다. 가끔 누나가 "저것이 어디서 먼 돈이 나서 저라까?' 하는 의심의 눈초리를 보내는 때가 있긴 했지만 돈 찾으러 갈 때 가끔 같이 간 재석이 말고는 아무도 내가 거금도 우체국에 거금을 축재해 놓은 갑부라는 것을 몰랐다.

6년 동안 매달 '저축의 날' 때 타 가서 모았던 초등학교 저금통장이 졸업할 때 1,200원이 채 안 되었다. 셋째형보다 두 살 위인 둘째형이 역시나 강원도로 군대 가면서 동네 사람들이 십시일반 걷어 준 여비에서 뚝 떼어내, 막둥이 오면 주라고 점방에다 엄마 몰래 맡기고 간 용돈이 40원이었다. 그러니 928원은 엄청나게 큰돈이었던 것이다.

동각 전화

초등학교 때 샛감도리에 있는 유일한 전화 한 대, 동각의 자석 전화기. 오른손으로 손잡이를 돌리면 안에서 전기가 발생해 유선으로 연결된 우체국 교환실에 사인이 들어간다. 우체국 교환이 그 사인을 듣고 말을 걸어올 때까지 수화기를 들고 '교환! 교환!' 외친다. 교환이 얼른 안 나오면 다시 돌리면서 '어째 교환이 이렇게 안 나온다냐' 투덜대고. 그러다 수화기에서 '네, 교환입니다' 하는 목소리가 들리면 '아, 12번, 금산초등학교잔 대 주시요' 라고 통화하고 싶은 상대방의 전화번호를 말한다. 교환이 쇠꼬챙이처럼 생긴 플러그를 교환기의 12번 단자에 연결시키면 상대방과 연결이 되는 게 그 시절 전화였다.

서울 구로동으로 돈 벌러 간 형님, 누님들이 급하게 연락할 일이 있으면 동각으로 전화를 해왔다. 아마도 전신전화국에 가서 시외전화 신청해 놓고 한참 기다리면 고향의 반가운 이장님 목소리가 나왔을 것이다. 1982년에도 서울에서 고향집에 전화를 하려면 신설동 전신전화국으로 가서 시외전화를 신청해야 했다. 전화 있는 자취집이나 하숙집도 시내 아닌 시외전화는 쓰자는 말을 함부로 못했다. 전화요금이 비쌌으니까.

　"이장님, 저 재술인디라, 울 집에 전화 왔다고 말 좀 해 주시요." 하거나 "이장님께서 뭐라고 말 좀 전해 주시요" 해놓고 전화를 얼른 끊었을 것이다. 그럼 이장이 동네 스피커에 대고 '에, 김재술, 김재술 아버님, 서울 재술이 한테서 지금 전화가 왔응께 동각으로 얼렁 오시요'라고 방송을 해댔다.

　재술이네 집이나 재술이네 작은집이나 아무튼지 형제간 중 누가 동각으로 급하게 달려와서 기다리면 서울에서 다시 전화가 와서 비싼 전화요금 때문에 정말로 '용건만 간단히' 통화를 했다. 글자수당 계산되는 전보요금 아끼려고 "아부지 꽥"으로 전보를 보냈다던 그 시절이었다. 샛감도리 동각의 전화번호는 아마도 4번, 거금도 금산초등학교는 12번이었을 것이다.

대통령 찬가

어느날 담임 선생님이 노래 가사를 칠판에 적더니 하루 종일 그 노래를 외우도록 따라 부르기를 시켰다. 얼마 후 학예회에서 반별 노래 합창 대결을 그 노래로 한다는 것이었다. 가사가 1부터 10까지 숫자를 딴 데다, 단조로운 곡조의 단순 반복이라 부르기도 쉬웠다.

' 일 하시는 대통령, 이 나라의 지도자, 삼일정신 받들어, 사랑하는 겨레 위해, 오일륙 이룩하니, 육대주에 빛나고, 칠십년대 번영은, 팔도 강산 비추네, 구국의 새 역사는, 시월유신 정신으로.'

아직도 곡조를 뚜렷하게 기억하고 있는 이 노래는 그 당시 유신헌법 어쩌고저쩌고 했던 ' 박정희 대통령 찬가' 였다. 나는 이 노래를 전국 학생들이 다 배운 줄 알았는데, 나중에 알고 보니 고흥 등 남서해안 지역 일부에서만 배웠다는 것이다.

초등학교 3학년 때쯤 일이다. 샛감도리 입구에 아이들 두 배 크기의 하얀 시멘트 탑이 서고, 그 탑에 ' 인간 백정 김일성을 찢어 죽이자' 라는 무시무시한 표어가 적힌 것도 그 즈음이었다.

청춘 블루스 4

고향의 친구가 모과를 보냈다.

네 생각이 나서 보내니
가을 향기를 느껴 보아!

"네 생각이 나서!"

당장 따라 해보고 싶은 말이다.

※ "별안간 꽃이 사고 싶다.
지금 꽃을 안사면
무엇을 산단 말인가!"

네 생각이 나서
별안간 꽃을 샀다.

※ 안도현 시인용

생과 사

　중학교 때 어느 겨울, 녹동 단칸방, 누이와 함께 초저녁에 스르르 잠이 들었다. 그런데 어느 순간 사람들의 웅성거리는 소리가 멀리서 들리고, 좀 더 정신이 드니 내가 집 앞 골목길에 누워 있었다. 바지에 오줌이 흥건했다. '이게 뭐지? 내가 여기서 왜 이러고 있지?' 오줌이 창피해서, 사람들이 '이제 살아나네잉. 천만다행이시' 하는 말들을 못 듣는 척했다.

　아! 연탄가스였다. 이미 중독된 무의식 결에 머리가 아파 잠이 깬 누이가 방문을 열고 부엌 쪽으로 굴러 쓰러지는 찰나, 때마침 가래침 뱉으려고 창문 밖으로 고개를 내밀던 옆 집 만화가게 아저씨 눈에 잡혀서 구사일생으로 살 수 있었다. 부엌의 창문이 만화가게 쪽으로 뚫렸다는 것, 부엌의 전등불을 켜놨다는 것이 생과 사의 갈림길이었다.

　지금보다 더 똑똑할 수 있었는데 그때 연탄가스 때문에 많이 멍청해진 것 같지만 지금 사는 게 덤이라서 그저 감사할 뿐이다.

신열

중학교 2학년이었다. 신열이 났다. 그 집 앞만 지나가면 가슴이 미어지게 아려 왔다. 그저 그 아이 얼굴만이라도 한번 볼 수 있다면 잠두를 돌아 북촌 몰랑을 넘어오는 매운 칼바람이 맨살을 뚫어도 내겐 그저 훈훈한 봄바람이었다. 오히려 눈에 띨까 다시 걸어도 돌아오면 그 자리에 서 있었다. 길거리든 교정이든 그 아이가 스치기라도 하면 심장 박동은 에밀레종처럼 아득해졌고, 말로 터지지 못하는 애석한 마음은 '순수' 의 미명으로 촛농처럼 하얗게 녹아 내렸다.

그렇게 두근거리는 가슴을 안고 고등학교 2학년 때까지 꼬박 4년을 앓았다. 첫사랑이자 짝사랑이었다. 그 시절의 나는 영락없는 '벙어리 삼룡이' 그대로였다.

몇 년이나 더 지나 청년이 되어 있던 어느 날, 열병이 식어 체온이 정상으로 돌아왔을 때 난 그 아이와 녹동 다방에 마주 앉아 있었다. '그땐 그랬었다. 이 말이라도 하지 않으면 그때의 내가 너무 짠하지 않겠냐' 며 가벼운 프러포즈도 했던 것 같다. 그런데 선뜻 응하지 않는 그 아이를 더 이상 내 마음속에 남겨둘 수가 없었다. 세상은 넓고 아이들은 많다는 걸 알았기 때문이다. 애간장 녹였던 생채기가 너무 컸기 때문이다.

행복하게 잘사는지 어쩌는지 그런 말도 들어 보지 못했다. 여러모로 무난한 중년이 되어 있는지 어쩌는지 들여다볼 이유나 여력도 없다. 다만…… 막막한 산처럼만 보였던 그 아이가 지금도 여전히 빛나는 중년이기를 소망한다. 그래야 1977년 남촌 언저리에 흘러내린 촛농이 여전히 '순수'이지 않겠는가!

거금도에서 전학 나와 동둠산에 마른 솔잎 하나로 가냘프게 적응하기 시작한 항구도시 녹동. 섬에서는 개념도 몰랐던 '단칸셋방'에서 시작되는 녹동에 대한 나의 기억은 그때의 신열이 전부다.

여탕

녹동중학교, 신열로 달뜨게 했던 그 아이 집 부근에 친구 옥만이가 살고 있었다. 옥만이와 친하게 된 것도 어쩌면 그 아이가 눈에 띌까 옥만이 집을 자주 갔던 것 때문인지도 모른다. 옥만이는 상당히 부잡스러웠다.

고입 연합고사를 위해 밤에도 교실 불을 켜 주던 여름 방학, 밤만 되면 옥만이와 일부 친구들이 어디를 나갔다 늦게야 돌아와선 자기들끼리 낄낄댔다. 그러던 어느 날 밤 11시쯤 옥만이와 친구 몇이 얼굴에 온통 피멍이 든 채 교실로 들어와 멀리 도망가야 하니 가진 돈 있으면 좀 걸어 달라고 했다. 그제야 알고 보니 녹동 목욕탕의 여탕 쪽 창문을 가리고 있던 나무에 기어 올라가 여탕을 훔쳐보다 목욕탕 주인에게 걸려서 릴낚싯대 3개가 다 부러지도록 맞았다고 했다.

연합고사를 치르고 광주로 고등학교 유학을 왔을 때도 옥만이와 나는 서로의 자취방으로 놀러 다녔다. 내가 사글세로 세 들어 살던 집엔 마침 광주여상을 막 졸업하고 은행에 다니던 아가씨가 세 들어 있었는데, 어느 날 그 아가씨 방과 내 방에 도둑이 들었다. 그 아가씨는 약간의 돈과 팬티, 거들, 브래지어 같은 속옷이 없어졌다고 했다. 내 방엔 대충 뒤진 듯 책꽂이가 조금 흐트러지긴 했지만 특별히 없어진 것은 없었다. 난 옥만이와 그 일당들 짓임을 직감했고, 그 직감이 맞았다.

슈퍼맨

중학교 2학년 때다. 2교시 수업이 끝나면 중간놀이 시간으로, 전교생이 운동장으로 뛰어나와 반별로 모여 신세계체조나 곤봉체조를 했다. 학교는 2층 시멘트 건물로 중간과 양 끝에 계단이 있었다.

2학년 교실이 있는 출입문 유리창이 깨져서 비워져 있었는데, 중간놀이로 뛰어나갈 때마다 몇몇 아이가 타잔, 육백만 불의 사나이, 소머즈, 원더우먼 흉내를 내면서 유리창틀로 빠져나갔다. 그런데 어느 날 이들을 일거에 몰아낸 신종 '슈퍼맨'이 등장했다. 슈퍼맨 역시 깨진 유리창문을 폴짝 뛰어 통과했다.

며칠 후 중간놀이 시간, 어김없이 '슈퍼맨~'을 외치며 누구보다 먼저 유리창을 통과하려던 아이가 쨍그랑 소리와 함께 만신창이가 되었다. 아뿔싸! 학교에서 유리창을 그새 갈아 끼웠던 것이다.

오징어

점심 먹고 쉬는 시간에 운동장에서 '오징어'를 하다 남성이와 시비가 붙었다. 나는 금을 밟지 않았는데 남성이는 계속 밟았다고 우겼다. 계속 서로 우기다 내가 "안 밟았당께. 입은 비뚤어졌어도 말은 바로 하자고~" 했다가 순간 불이 나게 화가 난 남성이와 운동장을 뒹굴며 싸우게 되었다. 사실은 내가 어렸을 때 다쳐서 이마에 흉이 있듯이 남성이 역시 어렸을 때 사고로 입술 한 쪽이 두툼해지면서 전체적으로 입이 약간 비뚤어져 있었다.

정학

    중학교 2학년 때 3학년 남녀 학생 10여 명이 복도에서 일주일 간 수업을 했다. 그게 정학에 대한 벌이었다. 죄목은 '생일 맞은 친구 집에서 밤에 함께 모여 생일 축하 파티를 한 죄'였다. 그땐 그랬다.

    들은 바로는 광주 모 중학교에서 치마 입은 여 선생님 수업 시간에 거울을 교탁 밑에 숨겨 놓고, 맨 앞자리에 앉은 남학생이 그 거울을 보려고 몸을 앞으로 숙이는 것을 뒷자리 친구가 발로 툭 밀어 버려서 앞자리 남학생이 선생님 치마 밑으로 우당탕 엎어지는 바람에 정학을 먹기도 했다고. 믿거나 말거나지만.

속죄

마음속으로 좋아하던 동창 여학생의 대학생 언니가 방학이면 한 달에 8천 원을 받고 수학 과외를 했다. 공부도 공부고, 여학생도 여학생이고, 친구들도 다 거길 다니는 터라 없는 살림에 나도 다니고 싶었다. 과외비 8천원을 내야 하는데 어머니께서 몇 날 며칠을 안 주시는 통에 어느 겨울 저녁 무렵, 화를 못 참고 노란 바가지에 물을 퍼다가 녹동 단칸방의 연탄화덕에 확 퍼부어 버렸다.

난 연탄불만 삐시시 꺼질 거라고 생각했지 그것이 펑 소리를 내며 폭탄 터지듯 할 지 몰랐다. 부엌이 온통 검은 연탄재 파편으로 난장판이 돼버렸고, 나도 겁나게 놀랐다. 진 여사님 말씀이 '말썽 한 번 안 피움시롱 없는대끼 자란 아들내미'였지만 그때 딱 한 번, 진 여사 가슴에 대못을 박았다. 깻잎에 멸치 장사 끝내고 피곤에 지쳐 들어오신 밤, 진 여사는 녹동 방파제서 동짓달 칼바람에 떨면서 나 땜에 다리 뻗고 펑펑 우셨다. 지금껏 잊지 못할 만큼…….

어머니께서 시장에서 개두창(진주조갯살)을 파시는 데 선창에서 구루마(손수레)에 개두창을 가득 실어서 시장까지 오려면 내리막길 하나를 통과해야 했다. 주위에 구루마 잡아 줄 사람이 없어서 손잡이를 잡고 땅바닥에 엉덩이를 댄 채 엉금엉금 기어서 내려오시는 것을 가까이서 보면서도 친구들에게 창피해 외면하고 말았던 것도 그때였다. 철 딱서니 없던 중학교 2학년 때, 그때만 생각하면 가슴이 시리다.

"엄니, 여기서 멈출라요. 맴이 또 이상해진께라. 그라고 그 여자 동창생이 지금 내 각시 아니겠소. 다 진 여사님 덕분이요."

• 메주와 소쿠리.

반장 김신

　고등학교 1학년, 옆 교실 반장은 김신이었다. 그는 키가 커서 뒤쪽에 앉았으나 키 큰 학생들이 뒤에서 껄렁대는 것과 달리 공부도 열심히 하고, 말도 달변이었다. 반면 담임은 한번 화가 나면 밀걸레 자루가 부러지도록 때리고 그것도 모자라서 이단 옆차기까지 날리는, 유명한 선생님이었다. 1학기 여름방학이 끝나고 개학을 한 첫 날, 담임선생님의 조회가 시작되었다.

　"여름방학들은 잘 보냈는지 어디 반장부터 이야기해 봐라."

　"그냥 어영부영 보냈습니다."

　"뭐라고?"

　"그냥 어영부영 보냈습니다."

　"나와!"

　개학 첫날, 아침 조회 시간부터 그 반은 피를 봐야 했다.

백두, 무언의 저항

초등학교 때는 주로 손톱 밑의 때와 머리의 이 등을 정기적으로 검사하는 용의검사, 뱃속의 기생충 상태를 검사하고 약을 주는 채변검사가 있었다. 중고등학교 때는 주로 머리와 신발, 복장 등을 교문에서 선도부와 학생주임 선생님이 감시했다. 긴머리, 구부려 신은 운동화나 흰색 운동화, 배꼽바지 등이 요주의 대상인데 어떻게든 머리를 남보다 더 길러서 멋과 폼을 내 보려는, 일명 노는 학생들에게는 가장 두근거리는 관문이었다. 두발검사에 걸리면 선생님께서 손수 바리깡으로 머리 한가운데에 고속도로를 내주었기 때문이다.

교실에 난방이 안 되었기에 겨울이면 찬 도시락 먹을 때 따뜻하게 마시라고 교무실 난로에 보리차를 끓여서 반별로 나눠 주곤 했다. 하루는 키가 가장 작아 1번인 나와, 가장 크면서 노는 축에 들었던 62번 균이 물 당번이 돼 교무실에 갔다. 교무실에는 머리를 빡빡 깎은, 일명 백두를 친 3학년 학생 하나가 호랑이 학생주임 선생님 앞에 열중쉬어 자세로 서있었고, 선생님은 그를 나무라고 있었다.

"야! 말해 봐. 왜 백두를 쳤냐고. 응? 어제 내가 두발 단속한 게 기분 나빴다 이거냐?"

142

3학년은 대답을 않고 버티고 있었다.

물을 주전자에 다 담아서 그 옆을 지나던 차에 62번 균이 한마디했다.

"다 무언의 저항 아니겠습니까?"

"뭐야? 무언의 저항? 너 이 새끼들 이리 와. 이것들이 요⋯⋯."

그날 나는 괜히 물 당번 짝꿍 잘못 만나 학생주임 선생님에게 호되게 맞았다. 균은 이후 대입체력장에서도 하필 나와 한 조가 되는 바람에 가장 큰 놈과 가장 작은 놈 둘이 달리는 100미터 경기에서 코미디를 연출했다.

• 고등학교 때 솥단지 도시락을 먹는 모습.

라 스파뇨라

고등학교 2학년 음악 실기시험, 음악 담당 류 선생님은 보통 성격이 아니었다. 아무리 사소한 것도 걸리면 정통으로 뺨 서너 대는 기본이었다. 키가 작은 나는 항상 1번을 도맡았고, 그 덕에 음악 실기시험도 제일 먼저 치르게 되었다. 나는 이탈리아 가곡 '라 스파뇨라'를 선택해 아주 잘 불렀다.

그런데 노래가 끝나자 선생님께서 "에, 너희들이 잘 모를 것 같아 알려주겠다. 이태리 발음은 끝에 알(R)이 묵음이다. 그러므로 1번 학생이 '디스파냐 소노라 벨라~레지나 손델라 모르~'라고 한 데서 '모르'는 '모'로 발음해야 한다. 그러니까 최보기는 감점이다. 알겠지?" 했다. 나는 공평하지 않다며 항의했는데, 순간 류 선생님의 인상이 구겨졌다. "그래서?" 선생님의 물음에 그냥 꼬리를 내릴 수밖에 없었다.

시험의 압권은 14번, 고창 출신 정승엽이었다. 정 군은 한국 가곡 '기다리는 마음'을 선택했고, 류 선생님의 피아노 반주가 폼 나게 굴렀다. 드디어 노래가 시작되어 정 군이 '일출봉에 달 뜨거든 날 불러주오~. 월출봉에~' 하는 그 순간 우당탕탕 피아노 소리와 함께 류 선생님의 고함이 터졌다. "야! 이 개새끼야, 일출봉에서 달이 왜 떠?"

조 참봉 선생님

고등학교 2학년 겨울 어느 날, 밤새 퍼부은 눈이 온 학교에 수북이 쌓인 날, 그렇게 많은 눈은 처음이었기에 우리는 일제히 운동장으로 나와 정신없이 굴렀다.

다음 수업은 한문 시간이었다. 한문 선생님의 별명은 조 참봉, 아마도 쫀쫀하신 품새 때문에 그렇게 지은 것 같다. 우리는 쫀쫀한 조 참봉 선생님을 놀리기로 작당하고 조그만 눈뭉치를 만들어 조 참봉 선생님이 들어오시기 직전, 교탁 바로 위 형광등 덮게 위에 그것을 올려놨다.

수업이 시작되고 얼마 지나지 않아 교탁 앞에 선 조 참봉 선생님 머리 위로 물방울이 똑똑 떨어지기 시작했다. 조 참봉 선생님은 "어? 눈이 하도 와서 물이 새나?" 하시면서 물방울을 피해 수업을 하셨다.

똑… 똑… 교탁으로 계속 물이 떨어졌고, 우리는 웃음을 참느라 배가 아플 지경이었다. 계속 물을 피하던 조 참봉 선생님은 "아니, 천장은 깨끗한데 어디서 물이 새지?" 하면서 형광등을 유심히 바라보다, 급기야는 교탁 위에 의자까지 두고 올라가서 형광등 위를 확인하셨다. 교실은 일순간 싸늘한 정적이 흘렀다.

• 바로 그날 교정에서 친구들과 한 컷. 이렇게 놀다 들어오면서 조 참봉 선생님을 골릴 눈뭉치를 만들었다.

"이런 싹퉁머리없는 호로새끼들 같으니라고! 전체 일어서!"

평소 같으면 헐헐 웃고 말았을 조 참봉 선생님이 그날은 달랐다. 아마도 자존심이 많이 상하셨던 것 같다. 화가 단단히 나신 선생님은 빗자루 몽둥이를 단단히 감아쥐고 1분단 앞자리부터 일인당 열 대씩 손바닥을 후려 패기 시작했다. 1분단 제일 앞자리에서 제일 먼저 매를 맞은 것은 평소 철학적(?)이던 균이었다. 균의 열 대는 제대로 꽂힌 열 대였다. 그러나 사람 힘의 작용은 봉긋한 곡선을 그린다. 급하게 쓰는 힘은 그만큼 강하게 솟구치다가 순간적으로 픽~빠지기 마련이다.

더구나 조 참봉 선생님은 그야말로 저질 체력이었으니, 그렇게 대단한 분노도 체력 앞에서는 어쩔 수가 없는 듯 점점 매질에 힘이 빠지기 시작했다. 3분단 들어서면서 부터는 현저하게 속도와 힘이 줄면서 오히려 힘들어 하시는 모습이 역력했다.
그 당시 우리 반 정원은 62명, 체력이 달린 조 참봉 선생님도 이젠 '그냥 빨리 때리고 끝내자' 는 쪽이어서 사실상 3, 4분단은 안 맞은 거나 다름없는 매를 맞게 되었다. 내가 4분단 제일 앞자리라 맨 마지막에 매를 맞았기에 가장 상황 파악이 잘되었다.

열 대씩 매를 다 때리고도 분이 안 풀린 조 참봉 선생님은 ' 너희들, 오늘 죽었어!' 를 연신 외치며 제2의 징벌로 모두 책상 위에 올라가 무릎 꿇고, 손으로 의자를 높이 들라고 외치려는 순간, 철학가 균이 손을 번쩍 들면서 "선생님, 억울합니다!' 하고 소리쳤다.

　우리는 기겁을 했다.

　'아니, 저 자식이 또 사고 치는구나. 학생들이 선생님을 좋아해서 그런 장난을 좀 쳤기로서니 그걸 못 받아 주고 이렇게 때리면 되느냐고 대들 참이구나. 이제 우린 죽었다.'

"뭐야?"

　조 참봉 선생님은 의아한 표정으로 되물었다.

"저만 너무 세게 맞았습니다."

　균의 얼굴은 침통해 있었다.

"뭐야? 그게 뭔 소리야?"

"선생님께서 첨에는 힘이 쌩쌩해서 저는 겁나게 아프게 맞았는데, 나중에 맞은 애들은 선생님이 힘이 빠져서 하나도 안 아프게 맞아서, 저만 세게 맞았다고요. 흑흑흑."

　잠시 조 참봉 선생님도, 우리도 '이게 뭔 소린가' 생각하며 일순간 침묵이 흘렀다. 정확히 2초쯤 후에 선생님을 포함 누구랄 것 없이 삽시간에 온 교실이 웃음바다가 되고 말았다.

　그 겨울 어느 날, 한문 수업은 눈뭉치 올려놓고 결과를 기다리던 설렘과 긴장, 자존심 상한 선생님의 분노에 따른 전율과 공포, 마지막 균의 마무리로 한 편의 코미디가 되어 가슴에 남아 있다.

솥단지 도시락

광주고 친구 황이 3학년 때였다. 황은 학교 담벼락 바로 옆집에서 자취를 했는데 하루는 갑, 을, 병 등 친구들이 그의 자취방에 모여서 밤새 놀았다. 뜨거운 청춘의 아이들인데 뭐 하며 놀았을지는 뻔하다.

아침이 되자 황은 학교를 가기 위해 석유풍로에 솥을 올리고 밥을 지었다. 거기까지는 좋았다. 그런데 막상 밥이 다 돼서 먹으려 보니, 반찬이 하나도 없었다. 간장 하나만 있어도 밥을 먹겠는데 간장, 소금마저 없었다.

교문 문 닫을 시간은 가까워오고, 밥 먹을 방법은 없어 난감하던 그때 친구 하나가 '야, 그냥 솥단지째 싸들고 일단 학교로 가자'고 했다. 황과 그 친구들은 밑이 둥그렇고 가운데 걸침쇠가 있는 완전 옛날식 솥단지를 보자기에 싸서 학교 담벼락의 개구멍을 통해 등교를 했다.

이 친구들 그 솥단지 밥을 어떻게 먹었느냐. 3교시 체육시간에 모두가 운동장에 나간 틈을 이용해 다시 교실로 돌아와 다른 친구들 도시락 반찬을 꺼내서 아주 맛있게 솥단지의 밥을 배터지게 먹은 것까지는 좋았다. 그런데 달걀프라이를 밥 위에 올려 오는 친구가 그리 많지 않던 시절, 이들은 내친 김에 달걀프라이를 항상 밥 위에 얹어 오는 친구의 도시락 뚜껑을 열었는데…… 이런, 있어야 할 달걀프라이가 없었던 것이다.

그러나 황과 그 친구들, 고기도 먹어 본 놈이 먹는다고 반찬 털기에 는 도가 텄던 터라 도시락을 거꾸로 엎어 도시락 밑바닥에 숨어 있던 달걀프라이를 기어이 찾아내 먹고야 말았다. 점심시간마다 달걀프라 이에 친구들이 젓가락 대는 게 싫어서 일부러 밥밑에 깔아 왔건 만……. 친구들 반찬으로 솥단지 밥을 다 먹은 이들은 아무 일도 없었 다는 듯 솥단지를 다시 보자기로 싸서 책상 옆에 두고 교실 밖으로 나 갔다. 그런데 점심시간에 자신의 밥밑에 있어야 할 달걀프라이가 없어 진 것을 안 친구의 분노가 폭발했다. 일단 걸리면 뼈도 못 추렸던 담임, 이단옆차기와 가라데가 특기였던, 화학 과목 박 선생님에게 그 사실을 일러바쳤다. 반찬을 털린 다수의 학생들도 군중심리에 편승해 담임에 게 진정을 했다. 박 선생님은 '범인은 존 말할 때 자수하그라~' 하며 자체 제작한 훈계용 매를 들고 교실을 어슬렁거리다 황의 책상 옆에 놓인 보자기를 발견, 발로 툭 차며 '이건 뭐시여?' 했다.

'오늘 죽었구나' 생각하면서 황은 '네, 물병입니다!' 라고 대답했 다. '물병?' 하면서 보자기를 지그시 내려다보다 교탁으로 가신 박 선 생님, 이렇게 한 말씀하시며 억지로 웃음을 참는 표정으로 교실을 나 가셨다.

"담부터 애진간하믄 반찬 좀 싸오고, 저런 이상한 물병 가지고 다니 지 마라."

하모니카

고등학교 때부터 하모니카를 즐겨 불었다. 대학 입시에 찌든 스트레스를 뭔가 한 가지로는 풀어야 했다. 기타를 치고 싶었지만 그건 비쌌을 뿐만 아니라 공부에 도움이 될 것 같지 않아, 값싸고 쉽게 배울 수 있는 하모니카를 선택했다. 고향에서 같이 광주고등학교로 유학을 온 친구 관식이는 노래는 물론 기타와 하모니카를 다루는 데 선수였다. 아마 관식이가 부산이나 서울 같은 대도시에서 태어났더라면 가수로 성공해도 크게 성공했겠지만 그때의 우리는 연예인이나 예술가로서의 꿈은 상상조차 할 수 없는 우물 안 개구리였다.

서울에 와서도 하모니카로 부는 뽕짝과 팝송은 유일한 나의 재주이자 오락이었다.

어느 날 서울의 같은 대학으로 유학 온 광주고 친구 원주와 막걸리를 마신 뒤 그의 하숙방에 갔는데 일제 야마하 하모니카가 눈에 번쩍 들어왔다. 원주 삼촌이 월남 파병 갔다 오면서 선물한 것이라고 했다. 그러나 원주의 하모니카 실력은 나에 비해 한참 뒤졌다. 하모니카를 사랑하고 더 잘 부는 내가 그걸 갖는 게 순리라며 달라고 떼를 썼지만, 원주는 삼촌이 준 귀한 선물이라 못 주겠다고 했다.

늦은 밤 자취방으로 돌아가려던 찰나, 난 원주의 하모니카를 가지고 잽싸게 뛰었고 원주도 죽어라 쫓아왔다.

원주네 하숙집은 좁은 ㄷ자 커브를 돌아 큰길로 이어졌다. 그러나 막걸리에 취한 데다 일제 하모니카를 손에 넣으려는 욕심에 정신이 팔려 어두운 골목을 정신없이 뛰다가 순간 옆집 담벼락에 꽝 부딪히며 정신을 잃었다. 커브 두 번을 돌아야 큰길인데 커브를 한 번만 돈 상태에서 두 번을 다 돈 것으로 착각했던 것이다. 그렇게 해서 생긴 얼굴의 상처와 멍이 다 아물기까지 6개월이 넘게 걸렸다.

학교를 졸업하고 직장에 다닐 때, 취업 대신 공인회계사 공부를 하던 원주가 드디어 시험에 합격했다며 회사로 날 찾아왔던 날, 그의 손에는 기가 막히게 반짝이는 신형 야마하 하모니카가 들려 있었다. 사회에 나가 돈 벌면 제일 먼저 야마하 하모니카를 사서 나에게 선물하고 싶었다고 했다. 지금도 가끔 그 하모니카로 가요와 팝송을 즐겨 부르곤 한다.

감시카메라

고3 자취 시절, 집 앞 구멍가게로 뭔가를 사러 갔는데 가게에 아무도 없었다. 주인을 기다리다 오지 않아 그냥 나오려던 순간, 견물생심이라 했던가, 껌 한 통을 살짝 들고 나왔다.

잠시 후 다시 구멍가게에 가서 사려던 물건을 사고 계산을 하는데 가게 주인이 "아까 껌 값까지 천 원이네" 했다. 순간 나는 꿀 먹은 벙어리가 됐다. 아마도 가게 안쪽 방안에서 주인이 봤거나 다른 누가 보고 일러줬던 모양이다.

그때 이후 나는 아무리 혼자 있는 곳에서도 ' 밤 말은 쥐가 듣고, 낮 말은 새가 듣는다 ' ' 어디선가 누군가가 나를 보고 있다 ' 는 생각을 하게 되었고, 감히 남의 물건에 손댈 생각을 하지도 않게 되었다.

아! 십구공탄

고등학교, 대학교 다니며 자취할 때 밥 짓고 방 데우던, 구멍이 19개 뚫린 연탄, 십구공탄. 보통 두 장이 하나의 화덕에 들어갔는데 위아래 탄끼리 구멍을 잘 맞추어서 공기 소통이 잘돼야 제대로 타기 때문에 연탄을 갈 때마다 신경을 써야 했다. 그걸 제대로 못하면 중간에 연탄 불이 비실비실 죽어 버려 추운 겨울밤은 물론 숯(번개탄은 나중에 나왔다)으로 불을 살리거나 주인집 윗불과 아까운 새 연탄 한 장을 바꿔야 했으니까.

뿐만 아니다. 연탄 갈 때를 제대로 못 맞추면 위아래 탄이 딱 붙는 바람에 불붙은 두 개를 다 들고 밖으로 나와서 칼이나 연탄집게로 둘을 떼야 했다. 이때 숙련가와 비숙련가의 차이는 포인트를 제대로 짚어서, 아주 적절한 힘을 가해 한 방에 둘을 말끔하게 떼놓느냐 아니면 여기저기 쑤시며 헤매다 위 연탄이 반으로 쪼개지고 마느냐의 차이였다.

그러나 아무래도 연탄 갈기의 백미는 연탄을 다 갈고 나면 벌겋게 달아오른 연탄집게를 부엌 밖의 담벼락 나무 기둥에 대고 꾸욱 눌러줄 때였다. 빠시시 연기를 뿜으며 연탄집게가 나무를 부드럽게 파고 들어가는 그 쾌감! 하도 그렇게 해대니까 집주인이 아예 연탄재 버리는 데다 남자 고등학생의 스트레스 해소용으로 통나무 하나를 가져다

났다. 연탄 갈 때마다 벌건 연탄집게로 통나무를 지져서 글씨를 새겼다. '최보기 여기서 살다 가다'라고.

그것도 부잣집에 세 들어 살면 연탄보일러라 온 방이 뜨겁지만 없는 집에 세 들면 구들방이라서 방이 미지근했다. 어느 한겨울, 계속 연탄을 때는 데도 방이 너무 차서 고생하고 있는데 군대에서 갓 제대한 형이 왔다. 이렇게 찬 방에서 어떻게 살았냐며 곡괭이를 가져와서 연탄화덕을 부숴 버리고 장작을 구해와 화덕에다 때니 방이 녹을 정도로 따뜻했다. 집주인이 얼마나 놀랐던지 그날 바로 연탄보일러 공사를 해 줬다.

중학생 때 연탄가스를 제대로 마시고 죽기 일보 직전에 살아난 만큼 구들방은 항상 연탄가스 중독에 대한 공포로 떨어야 했는데, 그런 공포도 보일러가 설치되면서 얼마간 해소가 되었다.

쌀사리 칩시다

　시골 친구가 서울에 온 김에 내 자취집에 들렀다. 같은 방을 쓰던 충청도 출신의 대학 친구와 셋이서 탁구를 치러 갔다. 충청도 친구와 고향 친구가 탁구를 한판 치는데, 고향 친구의 탁구 실력이 별로였다. 한참 치던 중 고향 친구가 말했다.

　"나가 탁구를 잘 못칭께 쌀사리 칩시다."

　그러나 충청도 친구의 탁구치는 자세는 변화가 없었다.

　탁구가 끝나고 충청도 친구가 조용히 나에게 물었다.

　"야, 쌀사리 치는 게 뭐여?"

　"웅, 살살, 천천히, 약하게 치자는 뜻이야."

연애

엄니! '오메, 내 막둥이'를 볼 적에 키도 콩만하고 이마에 흉까지 있어서 어느 여자가 쟈를 사랑해 줄까 걱정 많았제라? 사춘기 지나니까 남녀의 사랑이라는 것이 기어이 외모로만 엮이는 것은 아닙디다. 내가 여기까지 오게 된 배경에 숨어 있는 진 여사의 사랑, 내가 하늘 쪽으로 커갈수록 반비례로 땅에 가까워지는 진 여사의 육신. 진 여사의 그 숭고한 사랑을 대학신문에 글로 쓴 적이 있는데, 어느 날 팬레터라는 것이 와부렀소.

30년 전에는 지금처럼 핸드폰도, 방방마다 한 개씩 전화도, 이메일도 없었제라. 한 반 년을 편지만 주고받으면서 정이 들었는데 만나자고 합디다. 콩만한 키에 이마엔 흉까지 있어서 연애에 소심했던 나였기에 겁나서 안 만날라 그랬는디, 아! 요샛말로 쭉쭉빵빵이었제라. 설마 했는데 나에게도 진짜 소설 같은 그런 일이 있었단 말이요. 다 진 여사님 덕분이제라.

지고이네르 바이사테

　대학생이 되어 어떤 여대생과 친하게 지내게 되었다. 여름방학 때 지방 도시에서 그녀와 만나 데이트를 즐기는 사이 그녀의 취미에 따라 '고전 음악다방' 엘 가게 되었고, 맘에 아주 쏙 드는 어떤 음악을 감상하게 되었다. 다방을 나와 헤어지면서 아까 들었던 음악이 뭐였냐는 질문에 그 여대생은 장난치려고 일부러 '사라이셴이 작곡한 지고이네르 바이사테' 라고 적어 줬다.

　서울에 돌아온 후, 대학 음악 감상실에 들러 그 음악을 신청했는데 DJ 학생이 숨이 넘어갈 듯 웃으면서 나에게 상당히 유머 있는 학생이 라고 했다. 무슨 소린가 싶었는데 알고 보니 '사라사테의 지고이네르 바이센' 이었다.

　덕분에 지금도 그때 사 모은 클래식 음악 테이프가 수십 개, 마침 사우디 건설 현장에서 4년 만에 귀국한 둘째형이 선물로 준 '소니 워크맨' 덕분에 한동안 클래식 음악을 감상하며 폼을 잡기도 했다.

새시대 컨츄리 클럽

　광주고 친구, 철학적이던 균이 J대학 경영학과를 다니다 1984년에 김포 인근의 보병부대에 입대했다. 당시만 해도 소대 내에 많아 봐야 서너 명일 만큼 군대에 대학생이 많지 않았다. J는 인천 번개사단 훈련을 받고 자대 배치를 기다리며 훈련소 동기 한 명과 부대 트럭을 탔다. 둘은 군기가 바짝 든 채 부동자세로 트럭에 앉아 있었는데 트럭이 마침 부대 근방의 골프장 시사이드 컨트리 클럽(Seaside Country Club) 옥외 간판 앞을 지났다. 순간 말없이 무게만 잡고 있던 상병이 갑자기 균에게 물었다.

　"야, 김 이병! 너 대학생이지?"

　"예, 그렇습니다!"

　"저 영어 간판 읽어 봐."

　"예, 새시대 컨트리 클럽입니다!"

　골프장이 어떻게 생겼는지도 몰랐던 그때, 균은 진짜로 그렇다고 생각했고, 상병도 고개를 끄덕이며 지나갔다. '새시대 컨트리 클럽'은 이후 매립지가 되어 지금은 없다.

합시다

　팔도 학생들이 모인 서울, 서로 표준어에 익숙하게 되기까지 언어 충돌이 가끔 일어났다. 가령 학교를 안 가고 해찰부리는, 서울말로 '땡땡이 친다'는 뜻의 말을 거금도에서는 '빠구리 친다'고 했다. 그런데 경상도 학생들은 빠구리의 뜻을 '섹스'로 이해했다. '오입' 역시 거금도에서는 집을 나가 먼 타지로 도망치는 '가출'의 의미로 사용했는데, 서울에서는 그것 역시 '섹스'로 쓰였다.

　대학 1학년 체육 시간, 아직 사춘기의 껄렁거림이 남아 있던 시기였다. 체육과 교수님이 마라톤에 대해 설명하는데 수업이 영 재미가 없었다. 나는 좀 껄렁대는 마음으로 '교수님, 야구 같은 것도 좀 합시다'라고 얼떨결에 말해 버렸다. 화가 난 기색이 역력한 교수님이 나를 불러 세워 "선생님에게 '합시다'라고 말하는 것은 어디서 배워먹은 것이냐"고 몰아세웠다. 순간 당황한 나는 "우리 고향에서는 그게 존댓말입니다"라며 뻑뻑 우겼다. 내가 하도 우기는 통에 교수님은 내 고향이 어디냐 물었고, 나는 남해안의 소록도 옆 아주 작은 섬이라며, 섬 이름도 즉석에서 대충 지어 그런 섬이 있다고 우겼다. 교수님은 고개를 계속 갸웃거렸지만 더 이상 질책 없이 수업을 진행하셨다. 서울에 와 처음으로 고향을 욕되게 하는 사건이었다.

얼룩말 속옷

좀 더 철이 든 대학생 때 자취는 고등학생 때와 달랐다. 어느 날 나는 누런 팬티와 런닝셔츠를 한번 삶아 보기로 했다. 속옷을 모아 큰 냄비에 넣고 하이타이(세제)를 뿌려 연탄불 위에 올렸다. 빨래가 끓자 냄비를 가지고 수돗가로 갔다. 그런데 하얗게 변했어야 할 속옷들이 온통 벌겋게 변해 있었다. 이런, 속옷 틈에 빨간색 양말이 하나 숨어 있었던 것이다.

할 수 없이 빨래를 하면서 이번에는 엄마들이 하는 대로 나무 빨래판에 런닝을 펴고 비누칠을 해서 벅벅 밀었다. 그랬더니 런닝에 얼룩말 무늬로 빨간 띠들이 그려졌다. 할 수 없었다. 난 그 속옷들의 빨간 물이 다 빠질 때까지 얼룩말 속옷을 입어야 했다.

신촌 블루스

"나 경찰에 쫓기고 있어. 당분간 연락 안 될 거야."

그 전화를 마지막으로 K와의 연락이 두절된 것은 1987년 어느 여름의 일이었다.

나는 키도 작고, 얼굴도 볼품이 없는 데다 이마에는 어렸을 때 다친 흉까지 있어서 '남자'라는 상품으로서는 그다지 내세울 것이 없었다. 그 당시는 정치적으로 무척 암울한 시기였지만 그래도 입시 지옥을 벗어난 해방감으로 미팅, 소개팅 등 이성적 만남을 위한 이벤트는 여전히 성행하고 있었다.

지방에서 갓 올라와 촌티가 넘치는 나 또한 얼떨결에 친구들과 휩쓸려 단체 미팅에 서너 번 나가게 되었는데 결과는 참담했다. 나는 그 당시 유행어로 단체 미팅에서 제일 인기가 없는 '폭탄'이었다. 그래서 '애프터 신청'에서 한 번도 호의적인 반응을 이끌어 내지 못했다.

그나마도 서너 번의 미팅을 마지막으로 나는 영영 미팅과 절연을 선언해야 했다. '너 자신을 알라'는 소크라테스의 충고를 따르기로 했기 때문이다.

당시의 대학 분위기는 정치, 사회적으로 치열했고 나 또한 그런 공기를 호흡할 수밖에 없었다. 그래서 학과 공부와 별개로 동아리 활동도 하게 되었지만 '학생운동'의 전면에 나설 만큼 신념이 굳지는 못한 그저 그런 대학생이었다.

그렇게 2년이 흐른 후 휴학을 하고 그 이듬해 3학년으로 복학했을 때 나는 K를 만났다. 그녀는 S학과였는데 내가 S학과 과목을 수강하면서 수업 시간에 자주 볼 수 있었다. 나는 왠지 그녀에게 마음이 이끌려 그녀와 함께 듣는 과목의 수업은 꼬박꼬박 들어가 가급적 그녀의 앞, 뒤, 옆자리를 차지하려 노력했다.

그런 내 모습이 공부를 상당히 열심히 하는 학생으로 보였던 걸까. 중간고사를 앞둔 어느 날 그녀가 나에게 노트를 빌려달라고 했고, 그 일을 계기로 우리는 통성명을 하고 친해지게 되었다.

K는 부산 출신으로 당시 학생운동에 열심히 참여하고 있었다. 반면 나는 학생운동에 소극적인 상황이라 둘의 대화는 정치, 사회적인 것에서 벗어나 향후 진로에 대한 고민이나 영화, 시, 음악 같은 소프트 한 주제가 대부분이었다. 하지만 그녀는 바로 그런 점 때문에 나와의 교제 아닌 교류가 싫지 않은 듯했다.

그렇게 다른 남학생들과는 조금 더 친한 사이로 우리는 1년 동안 학교를 같이 다녔다. 그녀가 데모하다 경찰서에 끌려가면 면회 가고, 그녀가 수업에 빠지면 궁금해서 전화했다가 아파서 누워 있다고 하면 약봉지 들고 달려가고, 새벽에 최루탄 냄새 풍기며 불쑥 찾아오면 컵라면 끓여 주고, 시험 때 되면 노트 복사해서 주고, 마침내 김밥 챙겨서

도봉산을 함께 오르기까지 많은 시간이 흘렀다.

물론 둘의 교류를 보면 충분히 '연인' 사이로 치부할 만하지만 우리는 서로 상대방에게 이성으로서의 '구애'를 하지 않았고 따라서 이성의 관점에서는 손 한 번 제대로 잡지 않는 애매한 관계였다.

졸업을 앞둔 4학년 말 그녀는 진로를 고민하기 시작했는데, 거기에는 둘 간의 애매한 관계에 대한 고민도 숨어 있었다. 둘 중 누구도 선뜻 상대방에게 말을 꺼내지 못했던 이유는 아마도 뒤늦은 프러포즈의 부작용에 대한 염려 때문이 아니었을까 싶다. 그리고 더 확실한 이유는, 대학을 졸업하면 이미 과년한(?) 그녀의 입장에서 봤을 때 과연 우리가 '결혼'을 염두에 둔 교제의 대상이었는지에 대한 망설임이 더 크지 않았나 싶다.

그렇고 그런 고민 중에 그녀는 결국 고향인 부산 인근의 작은 시, 학교에 일자리를 잡아 급하게 내려가게 되었다. 이삿짐을 싸고, 그녀의 자취방에서 저녁밥을 함께 먹은 뒤 잠시 쉬는 내내 프러포즈의 대사가 목구멍에서 맴돌았지만 끝내 꺼내지 못했다.

이삿짐을 먼저 화물로 보내고서, 기차역으로 그녀를 배웅 나간 시간은 몹시 추운 겨울 새벽 두 시였다. 서울역에서 부산행 열차를 기다리는 동안 우리는 아무 말도 하지 않았다. 내가 망설이는 것처럼 그녀도 망설였던 걸까? 그건 알 수 없었다.

"잘 가……. 건강하고……. 경찰서 가지 말고……. 편지 보낼

게……."

그녀가 탄 기차가 떠날 때쯤 내가 한 말은 고작 그것이 전부였다. 그녀 역시 나와 비슷한 말을 나와 비슷한 표정으로 시무룩하게 반복했다.

일터에 도착하자마자 그녀는 나에게 편지를 보내왔다. 편지 내용 중에 '새벽 두 시에 서울역을 돌아서는 너의 그림자가 무척 길고 아쉬웠다'는 구절이 눈에 쏙 들어왔다.

우리는 하루가 멀다 하고 편지를 주고받았는데 편지 중간에 나는 '네가 참 괜찮은 여자'라는 표현을 달기 시작했고, 그녀 또한 '네가 참 괜찮은 남자'라는 아쉬움을 표현하기 시작했다. 결국 그녀가 대학원 진학을 핑계로 서울로 되돌아오는 구실을 찾기 시작함으로써 서로가 희망에 들뜰 즈음, 경찰에 쫓기고 있어서 연락이 안 될 거라는 그녀의 급작스런 전화를 받은 것이 1987년 여름 어느 날이었다. 학생운동 때문이었다.

연락이 끊기고, 시간이 흘러 나 또한 대학을 졸업하고 취직을 하면서 그녀에 대한 아쉬움이나 연정이 서서히 가물거리기 시작했다. 그렇게 여전히 상품성 없는 남자로서 그저 시계추처럼 직장이나 왔다 갔다 하던 어느 날 초저녁, 자취집에 돌아온 나는 공중전화 한 통을 받았다. 습기 머금은 촉촉한 목소리……. 그녀였다.

"지금 2호선 신촌역이야. 나올 수 있어? 보고 싶다."

"나도 보고 싶었다. 어떻게 지냈니?"

"1번 출구 앞에 있을게. 만나서 이야기해."

나는 부리나케 신촌역으로 뛰어가면서 다짐했다. 사랑한다고 고백하자. 두 손 꼭 잡고 놓아 주지 말자.

아! 그러나 신촌역을 거꾸로 들고 탈탈 털었는데도 그녀는 보이지 않았다. 새벽까지 그녀를 찾아 신촌역 일대를 헤매고 돌아다녔지만 결국 그녀를 만나지 못한 채 다시 긴 휴면에 들어가 버리고 말았다.

그로부터 수년이 흘러 나는 지하철 2호선을 타고 잠실 쪽을 향해 가고 있었다. 그런데 갑자기 지하철 안내 방송에 귀가 번쩍했다.

" 다음 정차할 역은 신천, 신천역입니다. 내리실 문은 오른쪽입니다."

아! 그날 그녀가 잠실에 있다면서 '신촌역'을 아느냐고 물었었다. 나는 그저 대학가 신촌만 생각하며 그럼 그걸 모르냐고 했었다. 그날 그녀는 신촌역이 아니라 신천역에 있었던 것이다. 도대체 여기에 언제부터 신천역이 있었단 말인가!

이미 결혼해서 한 가정을 이루고 있던 나는 그날 지하철을 빠져나와서도 한참 동안 그녀를 생각했다. 일부러 나서서 그녀의 근황을 알아보지는 않겠지만 언젠가 그녀의 소식을 접하게 되면 이 말만은 꼭 전하고 싶다. 그때 통 큰 고백을 다짐하며 뛰어나가 새벽까지 헤맸지만 신천역과 신촌역의 공존, 핸드폰의 부재가 우리 인연의 한계였다고. 네가 썼던 편지들 아직 가지고 있으니 원한다면 보내 주겠다고.

윤

윤 선배를 만난 것은 대학 1학년 때였다. 법학을 전공하던 윤 선배는 어렸을 때 앓은 소아마비로 걸음이 불편했는데, 남보다 키가 작았던 나의 어깨가 윤의 지팡이로서는 안성맞춤이었다. 그 이유로 두 사람은 내리 4년을 동고동락하면서, 눈빛만으로도 서로의 마음을 읽는 인연의 끈을 이었다.

졸업 후 취직을 하면서 나는 지금의 아내와 연애를 시작했다. 아내는 당시 부천 어느 병원의 간호사였다. '백의의 천사' 이긴 하지만 3교대 근무라서 데이트하기엔 피곤한 직업이다.

사귀는 기간이 길어지면서 혈기왕성한 20대의 남자친구인 나 때문에 그렇고 그런 문제로 둘이 토닥토닥 다투는 일이 잦았다. 그러나 상황은 여의치 못했다. 아내는 죽어도 여관은 싫어했고, 나 역시 친척 댁에서 얹혀살고 있는 처지였다. 술 한잔하면서 함정으로 몰아가는, 남들이 흔히 쓰는 수법도 아내의 직업상 쉬운 일이 아니었다.

그러던 어느 날, 학교 부근에서 자취하는 후배가 며칠 지방에 가면서 방을 비운다는 것이었다. 나는 그 방 열쇠를 얻었다. 그리고 아내를 유인할 작전을 짰다. 그런데 걸림돌 하나, 윤 선배였다. TV를 좋아하는 윤 선배가 수시로 그 방을 들락거리는 터였다. 나는 윤 선배에게도 일

부러 부탁을 했다. 그날 밤에는 그 방에 좀 안 왔으면 좋겠다고. 왜 그
러냐고 해서 이실직고 했다.

드디어 작심한 그날. 나는 아무도 모른다는 말로 아내를 설득, 유인
하는 데 기어이 성공했다. 막 방의 불을 끄고, 심호흡을 하면서 아내 옆
에 앉아 꿈에 그리던 일(?)을 시작하려는 순간 그러나 날벼락이 떨어졌
다. 누군가 대문을 꽝꽝 두드리는 것이었다. 윤이었다. 우리는 쥐 죽은
듯 숨을 멈췄고 윤 선배는 마침내 '야! 최보기, 최보기' 하면서 이름까
지 불러대다 돌아갔다.

산통 다 깨졌다. 아무도 모른다는 말만 믿고 따라왔던 아내는 불같
이 화를 내면서 택시를 타고 부천으로 가버렸다. 나는 씩씩거리며 윤
을 쫓아갔으나 그는 집에 없었다. 어느 막걸리 집으로 숨어 버렸던 것
이다. 대학원씩이나 다니던 그가 그날 왜 그런 어이없는 만행(?)을 저
질렀는지가 아직도 풀리지 않는 수수께끼로 남아 있다.

아 ! 지리산

    간호사와의 연애는 계속되었다. 1991년 여름, 우리는 드디어 지리산 종주를 계획했다. 물론 3박 4일이었다. 급하게 남대문 시장에서 싸구려 배낭과 텐트, 등산화 등을 구입했다. 등산에 관한 일가견이라곤 눈곱만큼도 없었다. 단지 같은 텐트 안에서 3박을 한다는 것만이 관심사의 전부였다.

    남원에서 들어간 지리산 초입, 싸구려 배낭의 어깨 끈이 찢어지면서 쪽팔림은 시작됐다. 다행히 프로 등산가들을 만나 바늘을 얻어 깁고 함께 산행을 하게 되었다. 저녁 시간, 등산 전용 간편식으로 세련되게 저녁을 준비하는 프로들 사이를 누비며 회사 기숙사의 부엌 살림살이로 저녁을 차리는 어리바리가 그녀로서는 창피하기 이를 데 없었다.

    마침내 광주에 도착, 고속버스터미널 부근에서 그녀의 화가 폭발했고 우리는 길거리에서 싸웠다. 화가 난 나는 담배꽁초를 바닥에 던졌는데 그 순간 어떤 사내가 나타났다. 사복경찰이라며 경찰증을 내보였다. 경범죄 단속 기간인데 담배꽁초를 버렸으니 경찰서로 가자는 것이었다. 아니 그걸로 경찰서를 가느냐 여기서 단속을 해라, 경찰은 딱지가 없어서 가야겠다 실랑이를 벌이는 사이 그녀는 터미널 안으로 들어가 버렸다.

열 받은 내가 버럭 소리를 질렀다. "아, 진짜! 담배꽁초 버렸다고 경찰서 가잔 놈 첨이네. 가자! 잘됐다. 먹고 잘 데도 없는데." 사복이 주춤거리는 사이 다시 소리를 질렀다. "아, 빨리 가자고! 담배꽁초 버렸으니까 집어넣어야지!" 사복은 "에이, 참, 재수 없네. 그냥 가라 임마" 하더니 가버렸다. 배낭을 메고 터덜터덜 터미널 서울행 버스 창구에 왔는데 아무리 둘러봐도 그녀가 안보였다. 그때부터 사건이 제대로 시작됐다.

그 당시 날이면 날마다 나오는 뉴스가 봉고차 납치, 인신매매였다. 반듯한 아녀자들을 납치해 사창가 직업여성으로 전락시키는 일이 전국적으로 번져 큰 사회문제가 되고 있었다. 나의 시나리오는 시작됐다. '아니, 얘가 납치된 거 아닌가? 아까 그 형사 놈이 가짜다. 나랑 잠시 실랑이를 하는 사이 다른 일행이 그녀에게 다가가 당신 남자 친구 때문에 경찰서로 가야겠다고 유인해서 봉고차에 태웠다면?'

나는 곧바로 인근 경찰서로 달려갔다. 자초지종을 설명, 경찰서 소속 형사들의 사진을 열람했다. 하지만 비슷한 사람이 없었다. 그때 옆에 있던 젊은 경찰(아마도 의경이나 전경이었던 것 같다)의 말 한마디에 나는 완벽하게 정신이 나가 버렸다.

"경찰증은 봤소? 어떻게 생겼습디요?"

"얼굴 사진하고 빨간 줄 두 개가 쳐져 있었는디요."

"워메, 그 빨간 줄 파란색으로 바뀐 지 2년도 넘었소, 이 양반아~허허이!"

나는 급하게 광주에 있던 고등학교 동창 광휘를 불러냈다. 그리고 그녀의 이름과 인상착의를 가지고 실종신고를 하는 한편, 경찰 고위직으로 있던 친구 아버지에게 전화를 걸어 도움을 청했다. 친구 아버지는 요새가 경범죄 단속 집중 기간이기도 하고, 여자 친구가 버스를 타고 서울로 갔을 수도 있으니까 기다려 보라고 했다.

　광주에서 강남 고속터미널, 거기에서 다시 부천까지는 대충 여섯 시간 정도, 밤 11시 병원 기숙사에 그녀가 도착해서 전화를 받기까지 그 여섯 시간은 다시 경험하기 싫은 생지옥이었다. 남의 집 귀한 딸, 반듯한 아가씨, 사랑하는 여인이 어리바리한 남자 친구 때문에 무지막지한 놈들에게 납치돼 못된 짓을 당한 후 '성매매 여성'으로 전락하게 되었다는 시나리오가 너무 완벽했던 당시 내 마음은 처참함 그 자체였다.

　그러나 지금까지도 아내는 그때의 처참한 내 맘을 실감하지 못한다. 왜냐하면 그런 처참한 상황은 본인이 직접 겪어 보지 않고 말로 들어서는 절대로 똑같이 동감하기가 어렵기 때문이다. 더구나 아내는 화가 있는 대로 난 상태에서 터미널에 들어서자마자 '지금 서울 바로 갈 분~' 하는 소리에 그냥 차에 올라탔을 뿐, 내가 '봉고차 납치'까지 자빽 시나리오를 쓸 거라고는 생각도 못했다는 것이다.

서울에서 살기 5

가을 모퉁이에서
담배를 피울 양이면
정적으로 뻗치다
흔적도 없이 사라지는
연기를 보아라.
어느새 우리 곁에는
바람이 스치고 있었던 것을!

정녕 잊고 살아온 세월
아주 오랜만에 한 번쯤은
삶이라는 것이
억겁의 인연으로 지금
여기에서
비인 담뱃갑 구기듯이
부담 없는 것이라
생각할 수 있었으면.

남산 구경

　고등학교에 입학하면서 거금도와 녹동을 벗어나 대도시 광주에 첫
발을 디뎠던 것처럼, 대학교에 입학하면서 드디어 말로만 듣던 환상
속의 도시 서울에 입성했다. 1982년, 열아홉 살이었다.

　같은 대학 지망생들을 인솔하시는 선생님을 따라 강남 고속버스터
미널에 도착, 서울에 첫발을 내디딜 때의 마음은 긴장과 설렘이 가득
했다. 아폴로 11호에서 달 표면으로 마침내 첫발을 딛는 루이 암스트
롱의 마음이 그랬을까 싶을 정도였다.

　눈 뜨고 있어도 코 베어 간다는 서울인 만큼, 선생님 놓치면 대학 입
학도 글러 버릴 거라는 생각에 긴장의 끈을 놓을 수 없었다. 그 가운데
수많은 건물, 사람, 차, 상점들을 구경하느라 눈이 돌아갈 지경이었다.
서울이 첨이라며 어리바리한 나를 위해 선생님께서는 군 제대 후 입시
를 치르는 선배를 짝꿍으로 붙이셨다. 우리는 학교 앞 여인숙에 방을
잡았다.

　다음날 입시 면접이 끝나자 선배는 서울 한복판을 구경시켜 주겠다
며 날 데리고 버스를 탔다. 한강 다리를 건너고도 한참을 달려 으리으
리한 도심에 도착했다. 선배는 버스에 올랐을 때부터 연신 서울에 대

한 강의를 멈추지 않았다. 그런데 너무 큰 소리로 나를 가르치기에 주위 사람들의 시선이 우리에게로 쏠렸다.

가뜩이나 촌놈의 기가 더욱 죽어가는 그 시점에서 선배는 결정타를 날렸다. 한 손을 들어 크게 휘저어 가면서 "야! 저 건물, 저게 시청이고, 저 산, 저 산이 남산이여"라며 소리소리 질렀다. 키득키득 웃으면서 지나가는 겁나게 예쁜 아가씨들 때문에 내 얼굴은 더욱 더 붉어졌다.

지금은 여수에 계신다는 권순근 선배, 그날 나에게 엘리베이터와 에스컬레이터도 일삼아 태워 줬다.

큰 형수

대학 3학년 때 서울 사당동에 사시던 큰집 큰형님 댁이 새집으로 이사를 했다. 할아버지 제사에 맞춰 형님 댁을 찾았다. 버스에서 내린 나는 전화로 대충 전해들은 형님 댁 부근에 가서 다시 공중전화를 했다. 발마끄미가 고향이신 형수님께서 전화를 받으셨다.

" 여기가 남성교회 앞인데요, 어떻게 가면 되나요?"

" 어… 그러니까 이리로 오시믄 된다라."

그곳 지리가 낯선 형수님 역시 교회에서 집으로 오는 길을 어떻게 설명해야 할지 난감한 모양. 그냥 '이리로 오시믄 된다라' 만 반복할 뿐이었다. 형님께서 전화를 바꿔 받으신 후에야 나는 집을 찾을 수 있었다. 집은 교회에서 그리 멀지 않았는데 뚜렷한 이정표가 없어 아닌 게 아니라 말로 설명하기에는 그리 쉽지 않은 위치긴 했다.

오뎅

옷장 수납함을 열어 보면 유난스럽게 팬티와 양말이 가득하다. 어렸을 때 반듯한 나이롱 양말 하나에 환호했듯이 구멍 난 양말이라도 내 양말이 있으면 다행이었다. 건장에서 친구의 빨간 양말을 훔쳐다 한참을 오지게 신었었다. 6살 때 빨강 노랑 나이롱(나일론) 삼각팬티가 자랑하고 싶어 한여름을 팬티만 입은 채 동네를 돌아다녔다.

그래서인지 할인마트든 백화점이든 쇼핑만 나가면 습관적으로 양말과 팬티를 집어 든다. 아내는 "조상 중에 팬티랑 양말 없어 죽은 사람 있냐"고 묻는데, 어릴 적에 너무 갖고 싶어서 양말을 훔쳤었다는 말은 아직 못했다.

밥상머리에 달걀찜이나 오뎅(어묵)볶음, 멸치볶음이 올라오면 다른 반찬은 필요 없다. 술안주도 주종 불문 달걀말이가 우선이다. 비빔밥에 올려 나오는 달걀프라이는 절대로 밥 속에 비비지 않고 통째로 먼저 먹는다. 아침 밥상에도 달걀후라이는 필수다.

닭장에 달걀은 걷히는 대로 한 푼 현금이 아쉬워 시장으로 나갔지 언감생심 우리들 밥상에 오르기나 했던가. 멸치를 그저 간장에 무치지 않고 설탕과 물엿으로 끈적끈적, 달작지근하게 볶으면 그렇게 맛있다는 것을 나는 거금도 금산중학교에 들어가서 알았다. 점심시간에 경탁이의 멸치볶음을 얻어먹어 본 뒤로 엄마의 음식 솜씨에 배신감까지 느꼈다. 그때는 점심시간만 되면 너나없이 경탁이의 멸치볶음에 환장했다. 나만 그 맛을 처음 안 것은 아니었던 모양이다.

"아그들마다 니 반찬 뺏어 먹어서 어쩐다냐."

"먹으러 오는 것을 어짜겠냐."

녹동에서 오뎅이란 것을 처음 접했다. 그 또한 설탕으로 달작지근하게 볶으면 세상에 그렇게 맛있는 반찬이 없었다. 다행히 거금도와 달리 항구도시라서 반찬으로 오뎅이나 멸치볶음을 싸오는 친구들이 많다 보니 얻어먹기가 훨씬 수월했다.

객지에서 자취 생활에 길들여지며 청소년 시절을 보낼 적에도 그런 것들은 밥상에 쉽게 올릴 수 없던 것들이었다. 지금도 길거리 포장마차에서 부산오뎅이 눈에 띄면 반드시 먹고 지나 간다. 입맛대로 골라 먹는 지금이야 먹을 것이 넘쳐나지만 배고픔에 허덕이던 그때는 귀하디 귀한 음식이었다.

양말 도둑

겨울이면 양말이 참 귀했다. 대부분은 검정고무신에 맨발의 청춘이었고, 양말을 신었다 해도 헤진 것이나 누가 신다 남은 것들이 많았다. 색깔 있고 산뜻한 새 양말은 설이나 돼야 한 켤레 생길까 말까였다.

초등학교 저학년 어느 날, 동네 샘뚱(우물) 앞 건장 줄에 빨간 새 양말이 다른 빨래와 함께 널려 있었다. 겨울이라 딱딱하게 얼어붙어 오전의 햇살을 받는 양말이 내 눈에 불처럼 빨갛게 타올랐다. 양말을 걷어서 얼른 주머니에 넣고 집으로 내달렸다. 난 그 빨래가 누구네 집 것인지 잘 알고 있었다.

그리고 몇 해 겨울 동안 특별한 날만 골라 빨간 양말을 잘도 신었다.

30년 후 서울에서, 양말 주인이던 철이가 한참 전에 세상을 떠났다는 비보를 들었다. 그날 밤, 사진첩에서 아릿한 흑백사진 하나를 꺼냈다. 초등학교 5학년 때, 남자아이 셋이서 적대봉 송광암 소나무에 기대어 어깨동무 하고 찍은 사진이었다. 술 취한 아부지 최꾀셴의 훼방으로 도시락을 못 싸가서 철이네 김밥을 얻어먹은 후 철이, 철이 동생과 함께 찍은 사진이었다.

눈을 감고 진심으로 친구의 명복을 빌었다. 덕분에 좋은 양말로 몇

해 겨울 포근하게 났던 것도 고마웠다. 미처 갚아 주지 못한 것을 미안해하면서, 언제 꼭 묘지라도 한 번 들르겠다고 약속하면서, 베란다에서 사진을 태웠다. 아내는 뭐가 타는 냄새가 난다면서도 내 눈에 맺힌 물기는 보지 못했다.

이제는 없는 친구라서, 오로지 명복을 빌기 위해 사진을 태운 것이 아니었다. 그 사진을 볼 때마다 양말을 훔쳐 집에까지 달리면서 숨이 턱에 차오르고, 심장이 터질 듯 두근거렸던 어린 내 모습, 사진 속의 남루한 내 모습이 유쾌하지 않을뿐더러 그 남루한 녀석이 지금의 남편이거나, 아빠라고 처자식에게 보여주고 싶지 않기에 태웠을 뿐이다.

방죽의 삐비와 아버지

세월이 흐를수록 그리움의 품질도 달라지는 것 같다. 거금도 6살 때는 팽전 콩밭에 지심(김) 매러, 꼬이섬에 굴 따러 가신 어머니가 그리워 저수지 방죽이나 차돌빼기 언덕에서 해질녘까지 하릴없이 앉아 삐비 풀을 뽑았다. 삐비에 뉴스당 섞어 씹으면 껌 된다고 해서 입이 부르트도록 3박4일 동안 씹고 또 씹었다. 그때 그런 거짓말한 사람들, 뉴스당 할아버지를 섞어도 삐비는 껌 안 되었다.

아파트 한 칸 마련하고, 아이들 잘 키워 보려고 객지에서 정신없이 쫓기다 불혹을 혹 넘기고 보니 이젠 껌 안 돼도 좋을 그 삐비가 그립고, 팽전에 잠드신 아버지, 큰형님이 눈물겹도록 그립다. 고주망태가 되어 동네가 떠내려가라 소리소리 지르더라도. 별안간 대낮에 학교에서 뛰어와 풀, 색종이 사가게 15원 달라고 조르는 나를, 없어 못 주시는 속에 화가 나셨는지 막아서는 진달래 여사 너머로 대나무 회초리 들어 무지막지하게 때리시던 아픈 기억이 떠오른다 해도.

밤 9시, 퇴근길 버스에서 내려 큰길 가 횡단보도를 건너자니 50대 중반의 남루한 아저씨 둘이서 보도블록 바닥에 그릇을 놓은 채 엉거주춤

앉아서 자장면을 먹고 있었다. 많지도 않은 옷을 걸어 놓고, 매직으로 삐뚤빼뚤 쓴 골판지 쪼가리엔 3천 원, 5천원이라고 쓰여 있었다. 두 개의 자장면 그릇 사이에 놓인 후줄근한 단무지 한 접시.

밥상도 없이 길바닥에서 자장면이라. 아버지가 뭐길래……. 가장이 뭐길래……. 무거운 맘으로 한참을 걷다가 뒤돌아서서 아주 잠깐 그분들에게 마음으로부터의 경의를 표했다.

집에 오니 TV 뉴스가 속보를 전한다. 경찰 진입이 임박한 쌍용자동차 노동자들의 정리해고 반대 농성장이다. 팔순의 아버지는 공장 안에서 농성중인 50대의 아들이 걱정돼 아침에 도넛 두 개를 사서 공장 앞으로 나왔다. 도넛은 기름으로 튀겨서인지 다음날에도 상하지 않았다. 그래서 점심을 도넛으로 샀다는 것이다.

팔월 땡볕에 하염없이 공장 안을 쳐다만 보던 아버지는 그러나 점심때 그 도넛을 먹을 수가 없었다. 공장 안에서 물도 밥도 없이 농성하는 아들 생각에.

사흘째가 되니 도넛이 상했다. 아버지는 다시 도넛 두 개를 샀다. "저 하나 벌어서 다섯 식구가 먹고살아야 하니까 저러는 거겠지. 용기를 잃지 말아라, 몸조심해라, 이눔덜아……."

'아버지' 라는 단어, 결코 '어머니' 보다 가벼울 리 없다. 바라건대 혼신의 힘을 다해 지키려는 우리들의 가정이 비둘기처럼 다정하기를. 장미꽃 넝쿨 우거지기를!

세인트 엑스뻬리

지겨운 입시에서 벗어나 대학생이 되었으니 이런저런 유명한 책도 읽어 봐야 했다. 그래서 어느 날 큰 맘 먹고 교보서점에 갔다. 일단 그렇게나 유명하다는 생텍쥐페리의 '어린왕자'를 찾아 서가를 뒤졌다. 그런데 제목이 '어린왕자'인 책은 많은데 작가 이름이 세인트 엑스뻬리(Saint Exupery)고 생텍쥐페리가 쓴 것은 눈에 띄지 않았다.

나는 안내원에게 생텍쥐페리가 쓴 어린왕자가 어디에 있는지 물었고, 안내원은 그것도 못 찾아 물어보느냐는 표정으로 바로 내 앞에 있는 Saint Exupery가 쓴 어린왕자 한 권을 뽑아 줬다.

엊그제는 중학생 딸이 집 앞에 뚜레쥬르가 새로 생겼으니 빵을 사오라고 전화를 했다. 하지만 집 앞에 도착해 아무리 찾아 봐도 '투스 레스 주어스(Tous les jours)'라는 여행사만 있지 뚜레쥬르는 없었다. 딸에게 없다고 전화를 했더니 자전거포 옆이라 했다. 다시 봤더니 빵집이 있었다. 한 번도 배워 본 적 없는 불어 때문에 아직도 고생이다.

황혼의 개밥

내 친구 수의 부모님은 대부분 그렇듯이 도시의 자식들과 떨어져 시골에서 두 분이 사신다. 그런데 어느 날 친구 어머니께서 편찮으셔서 서울의 병원에 입원 치료를 받게 되었다. 한 달 정도 입원, 재활 치료를 겸하는 사이 시골에서 친구의 아버지께서 병문안 차 올라오셨다.

병실에 들어서서 침상에 누워 있는 늙은 아내의 손을 한동안 말씀도 없이 부여잡고 계시던 아버지께서 드디어 입을 여셨다.

"어이, 고상 많네. 얼렁 나서서 내려오소. 나는 개 밥 줘야 쓴게 금방 내려 가야겄네."

'똥개 에스' 이후로 개를 키우지는 않지만 친구 아버지의 그 마음은 이해가 갈 것 같기도 하다.

사투리

설 무렵 가족들과 어디를 다녀오다가 평촌에 사는 초등학교 동창 순이네 집엘 들러서 떡국을 먹었다. 한참 떡국을 먹던 초등학교 4학년 아들이 손가락 끝에 뭘 쥐고서 순이에게 하는 말이 '아줌마, 여기 빼따구.' 순이가 '너도 어쩔 수 없는 거금도구나' 해서 모두 웃었다.

중학교 동창과 결혼을 했기에 집에서는 고향 사투리가 공용어다. 그런데 아들이 초등학교 2학년 때 느닷없이 '아빠 고향이 전라도야?' 하고 물었다. 담임선생님이 '최진우 아빠는 전라도 사람인가 보다' 라고 했다는 것이다. 아들이 '아따, 겁나게 좋다이. 워메, 추운 거이' 같은 말을 자연스럽게 해댔기 때문이다.

그날 아내와 사투리에 대해서 논의하다가 '왕따가 심하니까 괜히 사투리로 놀림의 빌미를 주느니 사투리를 자제하자' 는 결론을 냈다. 그날부터 우리는 아이들 교육상 아주 우아하게 서울말로 대화를 하기로 했다. 서로 부르는 호칭도 '어이' 에서 '여보' 로 바꿨다.

합의한 며칠 후 주말, 저녁밥을 준비하는데 내가 아내에게 '어이,

모른 생선 좀 있으믄 꼬재' 했더니 아내가 '여보, 마른 생선 좀 있으면 구웁시다' 라 말하라고 했다. 잠시 후, 방에서 아들과 TV를 보는데 베란다에서 빨래를 걷던 아내가 급하게 소리쳤다.

"어이, 진우 아빠! 가스레인지에 생선 좀 디께조!"

나는 나가면서 아내에게 외쳤다.

"디께조가 아니고 뒤집어!"

할아버지 표 과외

　서울 사는 조금노리 내 친구 광진이가 신혼 때 맞벌이를 한 관계로 어린 아들이 할아버지와 함께하는 시간이 많았다. 할아버지는 아이와 놀아 주시기도 할 뿐 아니라 한글이나 산수 같은 것도 가르치셨다. 아이가 유치원 다니던 어느 날, 광진이가 퇴근해 집에 오니 할아버지께서 손자의 산수 학습지를 앞에 두고 가르치고 계셨다. 할아버지가 문제를 물으시면 손자가 답을 하는 중이었다.

　"2 보태기 2는?"

　"4."

꿈

    회사에 출근하는데 수염이 텁수룩한 아저씨가 다가서더니 내가 차고 있는 시계가 귀한 것이라며 구경 좀 하자고 접근해 왔다. 그렇게 값비싼 게 아니라고 설명을 해줬는데도 그 아저씨는 계속 달라붙었다. 이럴 경우 시계를 벗어 주면 구경하는 척 하면서 가짜와 바꿔치는 사기꾼들이 많다는 것을 기억해 낸 나는 매몰차게 거절하면서 발걸음을 빨리했다. 그 순간 어느새 부근에 있던 열 명도 넘는 시계 노점상들이 내 주위를 둘러싸더니 시계를 구경시켜 달라고 윽박을 질렀다. 횡단보도를 잽싸게 건너 어렵게 그들 사이를 빠져 나온 나는 두근거리는 가슴을 진정시키며 어떤 건물 안으로 몸을 숨겼다.

    잠시 후 처음 나에게 접근했던 그 시계 노점상이 너무 괘씸해 그를 혼내줘야겠다며 신발 끈을 고쳐 맸다. 처음에는 양복 정장이었는데 어느새 체육복과 운동화 차림이었다. 주먹을 불끈 쥐고 씩씩거리며 건물을 막 나서려는 순간 구급차가 사이렌을 울리며 황급히 내 앞을 지나갔다. 그것에 놀라서 정신이 들었다. 가슴이 마구 뛰고 있었다. 다행히 꿈이었다. 방 안은 출근을 위해 여섯 시에 맞춰 놓은 탁상시계의 벨소리가 진동하고 있었다.

    비몽사몽 시계를 끈 뒤 평소와 달리 다시 잠을 청했다. 그러자 아내가 출근 준비 않고 왜 다시 눕느냐며 흔들어댔다. 나는 "그 새끼 잡아야 돼"라고 분명하게 말했다.

아까와는 사뭇 다른 거리를 헤매던 나는 드디어 시계—이 부분은 명확하지가 않다. 다른 물건이었던 것 같기도 하고……—를 팔고 있는 그 노점상을 발견하고 다짜고짜 주먹을 날렸다.

그런데 이게 어찌된 일인가! 아무리 주먹을 뻗으려고 해도 손이 꼼짝을 하지 않았다. 오히려 그 노점상이 나를 향해 주먹을 날리려는 찰나 누군가 뒤에서 나를 끌어당기는 바람에 위기를 모면했다. 간신히 한숨을 내쉬고 있는데, 아내가 지각하겠다며 빨리 세수하라고 나를 흔들어 깨우고 있었다.

그 사람 잡아서 혼내줬냐는 아내에게 나는 이따 저녁에 다시 잡아 혼내줄 거라는 말을 남기며 서둘러 승강기에 몸을 실었다. 승강기 벽에 붙은 거울에는 별 이상한 꿈도 다 있다고 쓴웃음을 지으면서도 여전히 분이 안 풀려 씩씩거리는 섬 소년의 얼굴이 비치고 있었다.

닭고기 아줌마

90년대 초 어찌어찌 S사에 입사했다. 경력을 인정받아 대리로 입사했지만 입사 날짜가 같은 홍보팀 신입사원 정과 입사 동기가 되었다. 가수 서태지가 '난 알아요'로 대중가요의 패러다임을 바꿔 놓았을 시점이었다.

어느 날 둘이 사보 취재를 위해 차를 타고 목적지를 가는데 라디오에서 희한한 가사의 노래가 흘러나왔다.

'닭고기 아줌마~ 또 다른 모습에 나 살기 위해 몸부림 치는 걸······.'

나에겐 분명히 그렇게 들렸다.

"하여튼 요즘 아새끼들은 노래 가사도 골 때리게 짓는다니까. 닭고기 아줌마가 뭐냐, 닭고기 아줌마가."

내 말에 "최 대리님, 그거 '다 포기하지 마' 거든요?"라고 정이 말했다. 가수 성진우의 '포기하지 마'란 신곡이었다.

이의 깁스

S사 또 다른 입사 동기 신입사원, 기획부의 이가 하루는 발목에 석고 깁스를 하고 출근했다. 어떻게 된 거냐 물으니, 전날 밤 집에 퇴근해 화장실에서 큰일을 치르다 발목 인대를 다쳤다고 했다. 자세히 들어 보니, 아무리 힘을 줘도 변이 나오지 않아 재래식 화장실에서처럼 좌변기 위에 두 발을 걸치고 일을 보다가 발이 미끄러졌다는 것이었다.

이는 나중에 기획부장 도장을 훔쳐 손수 추천서에 날인, 대전 카이스트의 어떤 교육 과정에 합격했는데, 지금은 T그룹 계열사 CEO를 거쳐 자기 회사를 창업했다. 나도 가끔 좌변기에 걸터앉을 때가 있는데 항상 이의 깁스를 생각하면서 조심조심 한다.

싸가지는 **없다**

언제부터인가 술자리에서 건배사 하나쯤은 폼 나게 해야 하는 문화가 생겨났다. 진지한 뜻이거나 유머가 있으면 폼은 대충 난다. 그래서 당신멋져(당당하고, 신나고, 멋있게 져주면서 살자), 건건건(건강, 건전, 건승을 위하여), 개나발(개인과 나라의 발전을 위하여), 개쌍나발(개인과 쌍용과 나라의 발전을 위하여), 해당화(해가 갈수록 당당하고 화려하게), 진달래(진하고 달콤한 내일을 위하여) 등등 저마다 독특한 건배사를 외고 다닌다.

어느 공무원의 회식 자리에서 있었던 건배사다. 건배 제안자가 '싸가지는!' 하면, 일행이 동시에 '없다!' 외치면서 술잔을 부딪히는데, 그에 따르면 세상에 없는 것이 4가지가 있다고 한다. '비밀, 공짜, 독불장군, 돈 잃고 속 좋은 놈' 이 그것이다.

거물증

출판업으로 크게 성공한 조 선배의 초대로 저녁식사를 하던 자리였다. 같이 초대를 받은 다른 선배 한 분이 늦게 도착, 자리에 앉으며 한마디하셨다. 역시 나이 든 분들의 농담에는 인생의 깊은 철학이 배어 있다.

"아따, 인자 조 사장이 거물이 되야서 밥도 사주고 이, 고마운 일이네."

"아이고, 형님. 내가 거물이믄 한번 재보게 쭝을 주시요, 쭝을!"

"아, 이 사람아. 예수가 쭝 갖고 쟀나? 석가가 쭝 있었어?"

곡개사

부천에 함께 사는 민식이 형은 이런저런 인연으로 친하게 지내는 고등학교 2년 선배다. 어느 토요일 족구하고, 당구 치고, 맥주 한잔하고 집으로 걸어오는 길에 내가 물었다.

"낼은 뭐하시요?"

"강화도 간다."

"강화도라면 나도 무쟈게 다녔소. 강화도 어디 가요?"

"곡개사로."

곡개사? 내 귀엔 분명히 '곡개사'로 들렸다.

'전등사, 함허동천 정수사, 고려산 청련사, 백련사에 석모도 보문사까지 나도 강화도 절은 가볼 만큼 가봤다만, 글쎄 곡개사는 첨이네. 이 양반 알고 보니 불심이 무지 깊었구나' 생각하며 되물었다.

"곡개사? 강화도에 그런 절도 있소?"

"먼 소리냐? 꽃게 사러 간다고!"

아주 긴 시

옆집 아들 일이가 초등학교 1학년 때다. 학교에서 시를 써오라는 숙제를 내줬는데, 일이가 쓴 시의 제목은 '배짱이'였고 내용은 '배짱아 배짱에 넌 왜 그렇게 게으르니?'였다. 선생님께서는 잘 쓰긴 했는데 너무 짧으니 좀 길게 써 보는 게 어떻겠냐고 하셨단다. 그래서 아들은 다음날 아주 긴 시를 썼다.

"배 에 에 짜 아 아 앙 아~~~너 어 어 는 왜 왜 왜 그렇게 게으르니?"

마지막 이야기 '건강'

노소가 함께 하는 'K 경제인 산악회'에 가끔 나간다. 언젠가 주흘산에 올랐을 때 고희를 넘기신 몇 분에게 인생을 살면서 중시해야 할 지혜가 뭔지 가르침을 달라는 질문을 했다. 이래저래 갑론을박 후 '겸손해서 손해 본 적 없다'는 가르침이 가장 점수를 얻으려던 찰라, 상당히 큰 기업을 창업하신 강 회장께서 한마디로 정리하셨다. "다 필요 없어. 건강한 놈이 이기는 놈이여!"

구석구석 살펴보기

1. 특산물

특히 거금도는 감성돔, 농어, 우럭, 민어, 광어, 문어, 낙지 등 풍성한 바다낚시 거리와 전복, 해삼, 미역, 메생이, 김 등 해산물, 그리고 육쪽마늘, 유자, 용두 한라봉 등 무공해 농산물로 넘친다.

2. 가는 길

거금도행은 광주, 순천, 고흥을 거쳐 녹동에 이르면 소록대교를 지나 이른다. 서울에서는 녹동까지 우등고속이 운행되고, 그 밖의 지역에서는 광주나 순천, 고흥을 거쳐 녹동으로 향하면 된다.

거금도와 바로 앞 항구도시 녹동에는 숙박시설과 먹거리가 풍부해 큰 걱정 하지 않아도 된다.

■ 서울 → 녹동

강남고속버스터미널 호남선에서 1일 5회(08:00~17:30) 운행. 5시간 5분 소요.
요금 : 일반 2만2,300원, 우등 3만3,300원 금호고속(02-530-6211).
이지티켓(www.hticket.co.kr)에서 예약 가능.

■ 광주 → 녹동

광주종합버스터미널(062-360-8114)에서 20~50분 간격(05:03~20:25)으로
운행. 2시간 40분 소요. 요금 1만3,400원.

■ 순천 → 녹동

종합버스터미널(061-744-6565)에서 약 20분 간격(05:45~22:10)으로 운행. 1
시간 20분 소요. 요금 : 8,400원.

■ 부산 → 녹동

서부시외버스터미널(1577-8301)에서 08:50, 09:50, 10:50, 13:30, 14:25(고
흥까지 운행), 15:40 출발. 운행시간 4시간 20분. 요금 : 2만800원.

■ 고흥 → 녹동

공용시외버스터미널(061-833-0009)에서 직행버스와 군내버스(06:00~22:30)
가 수시 운행. 20~30분 소요, 요금 직행 2,000원, 군내버스 1,800원.

3. 거금팔경과 해안 일주 도로

큰 금맥이 있어서 '거금도'라 불렸다고도 하고, 산수가 비단처럼 아
름답다고 해서 유래된 이름이라고도 한다. 어쨌든 그만큼 이목을 집중
시켰던 곳임에는 틀림없다.

명성에 걸맞게 거금도에는 섬 전체를 싸고 도는 해안 일주도로를 따
라 '거금팔경'이 숨어 있다. 단양팔경이나 관동팔경에 버금가는 절세
비경이다. 조상들이 멋과 풍류를 즐기며 삶의 여유를 누릴 수 있었던
이유도 다 여기에 있다. 아름다움 앞에 흥겹지 않다면 그게 어디 사람
사는 맛인가! 자연 앞에서 음조를 흥얼거리고, 철학가가 되고, 시인이

되는 것은 당연한 일이다.

그래서 아는 이들은 이미 수차례 다녀갔다는 거금팔경은 계절마다 색과 모습을 달리해서 언제 봐도 새롭다. 살아 있음이 느껴진다.

1경〉〉송암모종(松庵暮鐘)

산사의 종소리는 마음을 경건하고 정갈하게 빗질해 주는 영혼의 울림이다. 특히나 해질 무렵 은은히 계곡을 돌아 나오는 송광암의 종소리는 부처님의 자비를 마음에 새기는 소리다.

중생의 번뇌가 대자대비하신 부처님의 뜻에 물들어 잔잔히 가라앉으니, 거금팔경의 1경으로 손꼽히기에 모자람이 없다.

2경〉〉망천춘우(網川春雨)

봄날의 아지랑이가 하늘로 모락모락 오르기 한참 전, 대흥리 하천에는 물길이 먼저 길을 트며 흘러간다. 겨울을 헤치며 흐르는 가녀린 물살 위로 보슬비가 안개처럼 내리면 '아, 이제 봄이로구나' 싶다.

봄비가 땅을 적시고 나면 따끈한 춘정을 못 이겨 아지랑이가 아른아른 봄을 재촉한다.

3경〉〉 적대귀운(積臺歸雲)

거금도 가슴 한복판, 적대봉에 구름이 띠를 두르면 언뜻언뜻 보이는 산봉우리와 산사의 모습이 신비로움과 운치를 더한다. 무릉도원이 이런 모습이지 않을까 싶다. 멀찍이서 바라보고 있자면 구름 끝자락에서 시 한 줄 뽑아내고 싶은 심정이다.

4경〉〉 죽도관어(竹島觀漁)

말 그대로 대나무가 우거진 섬에서 물고기를 바라보는 것이다. 숨을 죽이고 앉아 물고기들이 한가로이 헤엄치는 모습을 보고 있으면 어느덧 뉘엿뉘엿 해가지고 옷자락이 축축하게 이슬로 젖는다. 자연을 벗 삼고 삶의 여유를 찾는 거금도 사람들의 마음씨가 어떠할지는 가히 짐작이 된다.

5경〉〉 연소추월(蓮沼秋月)

달과 노닐기를 즐기던 이태백은 술잔에 뜬 달, 여인의 눈동자에 뜬달, 연못에 뜬 달을 노래했다. 그는 결국 연못 속의 달을 건지려다 물에 빠져 죽지 않았던가. 이태백을 홀린 그 달의 모습을 연소 바닷가에서 다시 볼 수 있다. 쓸쓸한 가을 바닷가에 한 줄기 바람이 불고 달빛이 휘영청 하늘을 밝히면, 사람들은 저마다 이태백이 되어 달그림자 찾기에 여념이 없다.

6경〉〉 석교낙안(石橋落雁)

제비가 날아오면 봄이 오고, 기러기가 날아오면 가을이 왔다. 그게 우리 부모님들이 농사를 짓고 계절을 가늠하던 기준이었다. 그래서 늘 철새는 우리의 관심사였다. 기특하게도 잊지 않고 때맞춰 날아드는 철새를 어른들은 '상서로운 새' 라고 말씀하셨다.

석교 바닷가에 철새가 발자국을 찍으며 종종 걸음을 걷는 모습은 섬마을 사람들에겐 세월을 부르는 몸짓이다. 가녀린 발자국 사이로 세월이 줄줄 흘러간다.

7경〉〉월포귀범(月浦歸帆)

　　바다에 나간 돛단배가 돌아오는 것만큼 반가운 게 또 있을까? 섬사람들은 포구를 떠난 배가 제자리에 돌아올 때까지 마음을 졸인다. 만선 깃발이 흩날리면 더 좋겠지만 그렇지 않고 돌아온 날이라고 해도 상관없다. 가족이 둘러앉아 저녁 밥상을 마주할 수 있다면 그것만으로도 감사하다.

　　월포 갯가에 앉아 목이 빠지게 뱃머리를 기다리다가 희끗하게 돛대가 보이면 입이 저절로 귀밑에 걸린다. 기다리는 이나 돌아오는 이나 참 반갑다. 그리고 아름답다.

8경〉〉사봉낙조(簑峰落照)

　　지금은 용두봉이라 불리지만 예전에는 사봉이라 불렸다. 해질녘 용두봉 정상에 앉아 멀리 금당도나 천관산 쪽을 바라보면 황혼빛이 실크 옷자락처럼 부드럽게 깔린다. 어스름한 기운에 바다와 산이 전부 거무스름한 그림자가 되기 전 잘 익은 연시 같은 붉은 기운이 수줍게 드리운다.

사봉에서 바라본 낙조는 마음속 애잔한 그리움을 끌어올린다. 그래서 아무 이유 없이 누군가가 그립고 독한 소주 한 잔이 생각난다.

4. 해수욕장

■ 익금해수욕장

익금해변은 남해안 최남단에 위치해 오염되지 않은 푸른물과 은빛 모래사장, 시원한 소나무그늘, 현대식 샤워장과 화장실을 갖추고 있다. 특히 바다 수심이 얕고 경사가 완만하며 주변에 송림숲이 잘 조성되어 있어 가족단위 여름 피서지로 각광을 받고 있다.

또한 주변 자연경관의 아름다움 속에 오염되지 않은 깨끗한 청정해역에서 바다낚시도 함께 즐길 수 있는 곳으로 한 번 찾은 해수욕객은 반드시 다시 찾는 해변이다.

■ 금장해수욕장

　고흥 거금도(居金島)의 어전리 금장마을에 있는 해수욕장으로, 해변에 모래밭과 자갈밭이 어우러져 있다. 해변 길이는 약 1.5km이며, 경사도가 완만하여 수심이 얕다. 고운 모래사장으로 유명한 익금해수욕장과는 구릉 하나를 사이에 두고 있는데 익금해수욕장에 비해 덜 알려져 있어 번잡한 것을 싫어하는 이들에게 적당하다.
　자갈밭 뒤로 소나무가 빽빽하게 심어진 울창한 송림이 있어 야영하기에 좋으며, 금장마을에서 민박을 할 수 있다.

■ 연소해수욕장

고흥 거금도(居金島)의 어전리 연소마을에 있는 해수욕장이다. 모래
사장 길이 약 400m의 작은 규모로, 100년생 소나무로 이루어진 울창
한 송림이 해변을 감싸고 있다.

거금도에 있는 해수욕장 중 경사도가 가장 완만하고 썰물 때면 갯벌
이 넓게 드러나 조개잡이·갯벌체험을 하기에 좋아 초·중학생들의
야영 캠프가 많이 설치되는 곳이다. 연소마을에서 조성한 샤워장 시설
과 주차장이 갖추어져 있다.

■ 고라금해수욕장

고흥 거금도(居金島)의 신촌리에 있는 해수욕장이다. 녹동항에서 배
를 타고 약 15분쯤 가면 거금도 금진선착장에 도착하고, 선착장에서
차로 약 10분 거리에 고라금해수욕장이 있다. 조수간만의 차가 큰 곳
으로, 썰물 때 갯벌에서 조개·소라 등을 주을 수 있고 낚시도 잘 된다.
모래사장 뒤로는 해송들이 줄지어 서 있다.

해수욕장 정면으로 장흥의 천관산(天冠山 723m)과 금당도(金塘島)가
보인다. 1598년 이순신 장군은 거금도(옛 이름: 절이도 折爾島)와 금당도
사이의 바다에서 절이도해전을 벌였는데 고라금해수욕장 앞바다가
격전의 현장이었을 것으로 추정된다.

5. 숙박시설

▶ 한옥〈황토방〉

▌위치주소 : 고흥군 금산면 신평리 명천마을
▌홈페이지 : http://www.happyvil.net/shop/goods/goods...oodsno=610

▶ 〈해변가한옥〉

▌위치주소 : 고흥군 금산면 신평리 명천마을?
▌홈페이지 : http://www.happyvil.net/shop/goods/goods...oodsno=478

▶ 〈거금도한옥〉

위치주소 : 전남 고흥군 금산면 신평리 2번지 (명천마을)

홈페이지 : http://www.happyvil.net/shop/goods/goods...oodsno=460

▶ 〈돌담한옥〉

위치주소 : 전남 고흥군 금산면 신평리 91-2 명천마을

홈페이지 : http://www.happyvil.net/shop/goods/goods...oodsno=291

▶ 〈바윗고개〉

위치주소 : 전남고흥군 금산면 신평리 49-1 (명천한옥마을)

▶ 〈하얀집, 명천민박〉

위치주소 : 전남고흥군 금산면 신평리 49-7 명천마을
홈페이지 : http://www.happyvil.net/shop/goods/goods...=001001001

▶ 〈비파나무집〉

위치주소 : 전남 고흥군 금산면 신평리 49-2 (명천)
홈페이지 : http://www.happyvil.net/shop/goods/goods...=001001001

민박, 농원

▶ 〈금산관광농원〉

위치주소 : 전남 고흥군 금산면 석정리 1167-6 금산관광농원

▶ 〈바다향〉

위치주소 : 전남 고흥군 금산면 오천리 622-1 (서촌마을)
문의전화 : 061-843-9415

▶ 〈몽골가든〉

위치주소 : 전남 고흥군 금산면 오천리 500 (서촌마을)
문의전화 : 061-844-9266

▶ 〈하얀민박〉

위치주소 : 전남 고흥군 금산면 신평리 명천 46-2

▶ 〈춘식민박〉

위치주소 : 전남 고흥군 금산면 어전리 익금 423

문의전화 : 061-844-3581

▶ 〈고향민박〉

위치주소 : 전남 고흥군 금산면 어전리 424-2

문의전화 : 061-843-8023

▶ 〈사계절민박〉

위치주소 : 전남 고흥군 금산면 어전리 익금 426-2
문의전화 : 061-844-8050

▶ 〈순임민박〉

위치주소 : 전남 고흥군 금산면 어전리 익금 252 -1
문의전화 : 061-843-8577

▶ 〈희망민박〉

위치주소 : 전남 고흥군 금산면 어전리 10-8 (금장)
문의전화 : 061-843-3317

▶ 〈바닷가민박〉

위치주소 : 전남 고흥군 금산면 어전리 440 (익금)
문의전화 : 061-843-8360

▶ 〈해변민박〉

위치주소 : 전남 고흥군 금산면 어전리 430-1 (익금)
문의전화 : 061-844-4748 , 011-380-4748

▶ 〈두색민박〉

위치주소 : 전남 고흥군 금산면 어전리 252-1
문의전화 : 061-842-0741

▶ 〈동근민박(감나무민박집)〉

위치주소 : 전남 고흥군 금산면 어전리 368 (익금)

문의전화 : 061-843-9041

홈페이지 : http://blog.chosun.com/cy1189/4140010

▶ 〈금장민박〉

위치주소 : 전남 고흥군 금산면 어전리 금장 41-2

문의전화 : 061-844-8298

▶ 〈거금도민박(구, 해동가든)〉

위치주소 : 전남 고흥군 금산면 오천리511-1

홈페이지 : http://blog.naver.com/mira7123/

펜션, 리조텔

▶ 〈청해펜션〉

위치주소 : 전남 고흥군 금산면 어전리 469-2 (옥룡마을)

문의전화 : 061-843-8577

홈페이지 : http://map.naver.com/local/siteview.nhn?code=13174839

▶ 〈하얀파도〉

위치주소: : 전남고흥군 금산면 오천리 623-7 (서촌마을)

문의전화 : 061-844-1232

홈페이지 : http://hayanpado.ivyro.net/

▶ 〈삼성리조텔〉

위치주소 : 전남 고흥군 금산면 석정리 808-2 (일정리)

문의전화 : 061-843-1117

홈페이지 : http://www.smresortel.com/

6. 맛집

▶ 〈평산횟집〉

주소 : 전남 고흥군 금산면 신평리 1031-6 (신평항)

문의전화 : 061-843-8973

▶ 〈송정횟집〉

주소 : 전남 고흥군 금산면 신전리 339-1 (연소마을)

문의전화 : 061-843-8577

홈페이지 : http://map.naver.com/local/siteview.nhn/code=13058386

▶ 〈동서횟집〉

주소 : 전남 고흥군 금산면 신평리 1030-10 (신평항)
문의전화 : 061-842-5300

▶ 〈연소횟집〉

문의전화 : 061-844-2311
주소 : 전라남도 고흥군 금산면 어전리 1298-6

▶ 〈대흥 동원회타운〉

문의전화 : 061-844-1135
위치주소 : 전라남도 고흥군 금산면 대흥리 184-3

▶ 〈유미가〉

문의전화 : 061-843-5050
주소 : 전라남도 고흥군 금산면 대흥리 279-2

▶ 〈연소선창횟집〉

주소 : 전라남도 고흥군 금산면 어전리

▶ 〈희망횟집〉

주소 : 전라남도 고흥군 금산면 어전리

▶ 〈신평 동원회타운〉

문의전화 : 061-843-6800
주소 : 전라남도 고흥군 금산면 신평리 1001-1

▶ 〈해금〉

문의전화 : 061-844-4646
주소 : 전라남도 고흥군 금산면 대흥리
※ 참고 : 참치회를 거금도에서 먹을 수 있는 유일한 식당

초보기의
거금도 연가

1판 1쇄 인쇄 | 2011년 11월 29일
1판 1쇄 발행 | 2011년 12월 05일

지은이 | 최보기
발행인 | 이용길
발행처 | 모아북스 MOABOOKS

관리 | 정 윤
디자인 | 이룸

출판등록번호 | 제 10-1857호
등록일자 | 1999. 11. 15
등록된 곳 | 경기도 고양시 일산구 백석동 1332-1 레이크하임 404호
대표 전화 | 0505-627-9784
팩스 | 031-902-5236
홈페이지 | http://www.moabooks.com
이메일 | moabooks@hanmail.net
ISBN | 978-89-97385-03-4   03810

당신이 생각한 마음까지도 담아 내겠습니다!!

책은 특별한 사람만이 쓰고 만들어 내는 것이 아닙니다.
원하는 책을 기획에서 원고 작성, 편집은 물론,
표지 디자인까지 전문가의 손길을 거쳐
완벽하게 만들어 드립니다.
마음 가득 책 한 권 만드는 일이 꿈이었다면
그 꿈에 과감히 도전하십시오!

업무에 필요한 성공적인 비즈니스 뿐만 아니라 성공적인 사업을 하기 위한 자기계발, 동기부여,
자서전적인 책까지도 함께 기획하여 만들어 드립니다.
함께 길을 만들어 성공적인 삶을 한 걸음 앞당기십시오!

도서출판 모아북스에서는 책 만드는 일에 대한 고민을 해결해 드립니다!

모아북스에서 **책**을 만들면 아주 **좋은 점**이란?

1. 전국 서점과 인터넷 서점을 동시에 직거래하기 때문에 책이 출간 되자마자 온라인, 오프라인
   상에 책이 동시에 배포되며 수십년 노하우를 지닌 전문적인 영업마케팅 담당자에 의해
   판매부수가 늘고 책이 판매되는 만큼의 저자에게 인세를 지급해 드립니다.

2. 책을 만드는 전문 출판사로 한 권의 책을 만들어도 부끄럽지 않게 최선을 다하며 전국 서점에
   베스트셀러, 스테디셀러로 꾸준히 자리하는 책이 많은 출판사로 널리 알려져 있으며, 분야별
   전문적인 시스템을 갖추고 있기 때문에 원하는 시간에 원하는 책을 한치의 오차없이 만들어
   드립니다.

시집, 소설집, 수필집, 시화집, 경제·경영처세술
개인회고록, 사보, 카탈로그, 홍보자료에 필요한 모든 인쇄물

모아북스 책들은 삶을 유익하게 만듭니다.　　　　　　www.moabooks.com

도서출판 **모아북스**
MOABOOKS

개미와**베짱이**
경제 · 경영 · 교육 전문출판

iroom
디자인|광고기획

④①①-⑧①⑦ 경기도 고양시 일산구 백석동 1332-1 레이크하임 404호
대표전화_0505-6279-784　FAX_031-902-5236